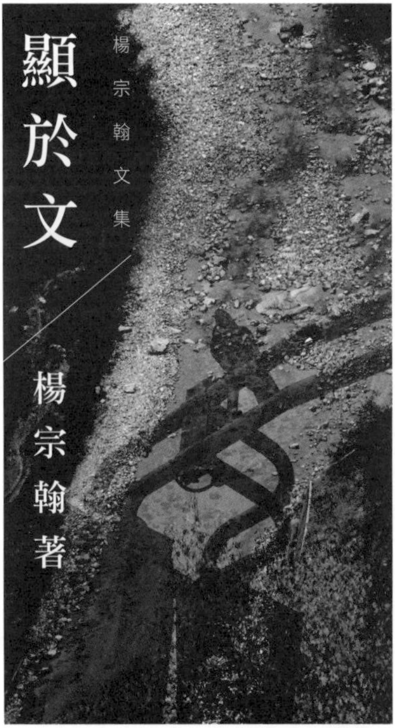

華　品　文　創

—自序—

何其有幸，以文為業

我常覺得自己是同世代人中，極其幸運的倖存者。身為一名「六年級」（或所謂「七〇後」）中段班，我未曾有過五年級作家所焦慮的「經驗匱乏」；反倒是在成長過程見證了中心漸失、秩序消解、規則崩裂，加上台灣社會政經局勢的全面轉型，遂更感覺到吾輩中人最匱乏的經驗，其實正是「不變」。倘若文學是一條看不到盡頭的長路，念舊的我，卅年後還在同一條路上慢慢地走；少時相約同行的友人，或者自製新軌，或者離地起飛，都朝著更大更遠更國際化之標的而去。文學桂冠或許不會選擇頒給我，未來殿堂裡也可能沒有我的席位。但我本對此不忮不求，唯一堅持的大概只剩下：請允許我，沿著同一條路，慢慢地走。就算只能待在隊伍後方，看著別人早看過的風景，我也甘願為文學之人之文之事，在背後負責搭台推浪，按讚鼓掌。因為文學值得——因為它就是濁世浪濤中的船錨，曾教導我如何挺立著求生，頑強地倖存。

我年少時自忖以文學為師，何其有幸，到了現在竟然還能以文學為業。這個業，應該是職業，可以是事業，更像是志業。志業乃是一種使命與召喚，驅使我樂於為文學服務，即便無人在乎、缺乏迴響，絲毫無礙我奉獻出自己的心臟與熱忱。因為以文為業，我開課教書；因為以文為業，我著述寫書；因為以文為業，我企劃編書。加上人到中年，行已過半，實在無暇蹉跎彆扭，也該交點階段性成績單了。我習慣將不能說的，隱藏於詩；能夠公開講的，顯露於文。於是前者選錄出詩集《隱於詩》，後者匯聚為文集《顯於文》。將兩書並置共讀，就可以知道我是為何與如何，迄今還會沿著同一條路，慢慢地走。

雖不曾當過領頭羊，路走久了，總會留下一些淺淺的個人足跡，抑或跟重量級前行者的交際會遇。這部分大抵都收入卷一「記憶罅隙」之中。卷二「有話好說」則浮現了一個好發議論、事事關心的「隱藏作者」形象。予豈好辯哉？予不得已也——「真實作者」反而絕不可能站出來厲聲吆喝。個性使然，勉強不得。卷三「持論相對」為跟同世代文學朋友的相對論筆談，箇中緣分，令我感念再三。至於餘卷「浮生卮言」屬昔日《聯合報》副刊專欄邀稿，主題自訂，文短情長。每週一篇，二三行間，在在皆有寄託於其中。

論者或云現代散文，有柔性散文、剛性散文之別。我想自己在《顯於文》裡所錄諸篇，不妨稱為「適性散文」。它可以抒情，可以說理，更從不避諱自身之應用或實用面向，想做什麼就能夠像是什麼。倘若（散）文如其人，在剛性與柔性兩端，我寧取最符合自己本心的適性，並據此在同一條文學長路上，跟以速度和效率見長的ＡＩ拮抗，繼續慢慢地走下去，寫下去。

目錄

【餘卷：浮生卮言】思考的點點星火

卷一／記憶罅隙

那些人，那些事

學院與詩的內外

出版社編輯來電，問我新書發表會想用什麼當主題？我說：既然早已坐三望四，日趨逼近不惑之年，請容我任性地以「回首我們的詩時代」為題吧？其實那本書中所錄皆為學術研究，跟我個人經歷或感懷實在無甚相關。我只是想藉此契機，邀兩三位同樣漸成「文壯」的朋友，聊聊一去不復返的文青歲月。打定主意並厚顏向同為六年級中段班的林德俊、孫梓評提出邀請，幸獲他們爽快應允，未多詢問。我跟他倆分屬北、中、南部人，皆初識於高中升大學前夕；但終究各自選擇心中所愛，分頭進入文化、輔仁、東吳三所大學就讀。

掙脫了中學階段的重重束縛與禁錮，學院生活對我們來說新鮮又精彩，彼此間少有聯繫，記憶中四年間甚至沒見過幾次面。若說要找出什麼共通點，就是我們仨始終

我們都是「六年級」！
左起林德俊、楊宗翰、孫梓評。

堅持對新詩這個文類的喜好。「植物園」、「死詩人」、「白開水」……我們都組織或參加過校園詩社，才發現自己原來不是學院或系上僅存的孤獨行吟者。焚燒玫瑰、口誦咒語、墓園讀詩、降靈起乩等等舉動，似乎成了詩心瘋患者的共通病徵，當然更是一種認同印記。缺乏苦難砥礪的生命畢竟還沒長繭，我們這些「小大一」怎會懂得詩的興觀群怨，關懷本土或批判社會之力道也薄弱堪憐。但我們隱約感知到，唯有詩歌可以治癒青春痘疤般，填滿個人生活一處處的凹陷。初次踏入學院的「小大一」，篤信愛與詩應該同等重量，妄想在擁抱戀人身體和摸索現代詩體之間分進合擊——彷佛這一切，就是「真實」的全貌了。

殊不知學院之內，另有「小大一」未曾見過、更為殘酷的「真實」正在上演。「野百合」學生運動結束後，戰場開始由中正廟移向學院，焦點也從對抗威權政治的幽靈，轉變為彰顯校園內從師生到性別的種種不平等權力關係。一九九四年二月，文化大學美術系學生讀書會「藝術法西斯」成員秦政德突遭退學處分，過程充滿黑箱作業且打壓意味明顯。四月起，美術系學生發動罷課，並獲得十四個學生社團聲援。百餘名學生從抗議系主任許坤成扼殺創作空間，發展為自行成立「小草藝術學院」、接管美術系系辦，以及邀請外來師資林惺嶽、陳映真等人為參與罷課學生授課。眼看僵局難解，教育部緊急派遣常務次長黃鎮台上山協調，保證一定妥善處理後，卅四天歷史性的罷課宣告結束。

這場「文大美術系事件」打破了過往「野百合」學運僵滯的模式，始終聚焦在爭取創作自由空間及學生參與系務的權利上，雖然侷限於校園但也因此少了外力干預。「小草」一名的由來，亦值得一提：一九九四年四月四日學生在風雨中至教育部請願，卻始終不得其門而入，僅有武裝鎮暴警察在身旁嚴加看管。百感交集下，有美術系學生唱起〈小草〉這首歌：「大風起，把頭搖一搖；風停了，又挺直腰。大雨來，彎著背讓雨澆；雨停了，抬起頭站直腳。不怕風不怕雨，立志要長高；小草，實在是並不小。」詩意打退了失意，次日罷課學生便宣告成立「小草藝術學院」。美術系事件結束迄今逾二十年，「小草藝術學院」依然頑強存活，並因為美術圖像專業，讓其發願建立起台灣圖像基因資料庫的覆刻工作，期待大眾能夠透過台灣舊時代的照片及收藏，進而親近與認識本土歷史。

訴求校園民主及大學體制改造的標語、旗幟，全數出自美術系學生之手，讓這場罷課行動展現了台灣學生運動史上最高的藝術水準。「小大一」如我當年九月才入學，對六月宣告落幕的美術系事件毫無所悉（更早的一九八九年北京六四學運、九〇年野百合學運，事發當時我只是一名國中生，對西門町及中華商場的好奇，遠多過天安門和中正紀念堂）。然而文大校方對參與事件學生的處分不曾停歇，十月訓育委員會竟決定：美術系學生林靜怡、中文系學生薛淑麗兩人因「言行不當，侮辱師長」勒令退學。在屏東內埔養鰻場長大的薛淑麗，是我們中文系文藝創作組的學姊，也是學生社團「草山學會」與「華岡詩社」要角。對美術系事件中所爭取的「創作自由」，文藝組成員感同身受，尤以淑麗學姊參與最深。為挽回這項不當處置，文藝組部分師生多管道進行反制與調解，我便曾跟幾位同學在校內大樓前靜坐抗議，並首次進入教官錄影蒐證的鏡頭中。在教育部及學生的壓力下，退學處分最後改成留校察看，但對我這個旁觀者來說還是充滿震撼：原來在林文月《讀中文系的人》那個世界之外，還有一個會吃人的學院體制。原來眾多秀異或異議之士，在體制內可以如此輕易地被一舉撕裂，人生盡成碎片。原來學院圍牆之內，比圍牆之外有著更多髒手段與潛規則。

我始終不知道也不好詢問，淑麗學姊究竟如何撐過那段艱困時期。只聽聞她在學運紛擾中還是穿上長裙，於現代詩課堂演出楊澤詩作〈一九七六記事〉系列，用身體投入、詮釋詩中理想的化身「瑪麗安」。所以詩的力量，果真能夠縫合破裂、完成救贖？我遍尋不著答案，只好發狂般大量閱讀好詩壞詩怪詩謬詩，甚至跑去耕莘文教院參加「詩的聲光」演出，期盼詩歌與小劇場的撞擊，能夠給予自己更多啟示。彼時我開始熱衷閱讀魯迅與楊牧作品，也是想追求類似的互異撞擊，盼能在左與右、外和內、熱跟冷之間尋找方向。二〇一二年起，薛淑麗以筆名薛赫赫連續出了三本詩集：《水田之春》、《幽獨一朵小花》、《光的人》。經過這麼多年的顛簸，她終究還是依傍詩的書寫，找到了生命實踐與應世之道——楊澤詩句：「世界還很年輕，我們／我們為什麼枯坐在此？」瑪麗安總也不老，她還是偏頭靠坐房間的暗角，長髮垂落。但她的心，怕是已跟傾軋紛亂的世界持續抗爭了二十年。

文藝多怪人，學生如此，教師尤是。我上陽明山念書時，兼課多年的張大春、楊澤、羅智成皆已陸續離開系上，文藝組改找他們的學生輩駱以軍與師瓊瑜負責創作課程。駱與師是系上畢業的同班同學，一九九三年兩人同時由聯合文學推出第一部小說集《紅字團》、《秋天的婚禮》，迅速成為被看好的小說新星。惡漢駱以軍屢次開台破車入校，一身T恤短褲涼鞋雙肩背包，向學生靦腆地傳授講述故事的技法和抄背名著的苦功；俠女師瓊瑜口條清晰且外型亮麗，她勇於叛逆、為愛直奔都柏林的經歷，一學期下來讓每位學生都想報名參加愛爾蘭共和軍（IRA, Irish Republican Army）。駱與師的年紀不過比學生們大八、九歲，對「認真、努力、用功」的判準跟傳統中文系老師也迥然有別，故深得熱愛搞怪的文藝組學生擁戴。駱以軍、潘弘輝等人讀書時創辦的同人誌《世紀末》已是傳奇，更成為我們班前後屆學生塗塗寫寫出《自閉兒》的參考座標。老師阿翁（翁文嫻）的《光黃莽》、駱以軍《棄的故事》等，則示範了自費出版現代詩集後那種小寂寞與大驕傲。這些師長遂成為我們第一批「真正認識的作家」（不是中學課本上拿來拜作品、背生平的那種），且終日魅惑著我們想像顧城、Rimbaud、Baudelaire……，那些反媚俗、破規則、立新法的詩人身影。

頂著新銳作家、大學講師及優秀學長姊三重身分任教，對彼時剛滿二十六、七的駱以軍和師瓊瑜，其實既是榮耀，也是壓力——特別是經濟與時間上的壓力。我們這些大學生純真至蠢，哪會知道駱與師都是兼任而非專任，往往主動遞上涵蓋詩歌散文小說戲劇等不同類型的「課外成果」，期待老師能夠批改指正。大學生當然更不會知道：眼前這位兼一門兩學分課程的老師，每堂課鐘點費僅五百多元，一個月教下來收入還不到五千，比學生課餘任何一個打工或家教都不如。更致命的是，作家的創作時間被眾多學生「課內作業」加上「課外成果」嚴重擠壓，認真批閱其中文字、句法及故事謬誤後，「小說家老師」都變得不會寫小說了。

請作家蒞校開課講授創作心法，結果是樂了學生，肥了學院，瘦了作家。駱以軍、師瓊瑜等「五年級」老師心存仁厚，對學校或學生都絕不輕易把爛字說出口。但他們畢竟是以文學創作這項「專業」受聘，憑什麼得接受這種對待？若說「六年級」會擔心自己成為流浪文科博士，大概很難想像在沒有駐校作家制度的九〇年代，「五年級」曾一度淪為流浪文學業師。所幸這些年輕兼任老師儘管生活窘迫，每當談到自己用文字建築起來的美學城垛，總是藏不住眼裡閃現的輝光。二十年後「回首我們的詩時代」，若是沒有他們，豈有今日我們？現在輪到我登上學院講台授課，便不時想起他們昔日的眼神，還有眼神裡的寬容與篤定。

人不耕莘枉少年
——以寫作會為中心的文學私地圖

以時間而論，與同世代眾多早慧的創作者相較，我的文學啟蒙相當遲緩；從空間而觀，雖自幼居住在台北文山區，我也是很晚才知道「台灣韓波」詩人黃荷生、小說家朱西甯住家，以及曾遭警總包抄的「神州詩社」皆步行可至。時間與空間都不站在平凡的我這邊，幸好還有辛亥路上的耕莘青年寫作會為人生定錨，讓慘綠少年得以認識文學之繽紛多彩。

想報名參加文學活動，最初起於自己對「作家」身分的好奇。高二獲得《明道文藝》與《中央日報》合辦的全國學生文學獎首獎，頒獎典禮上我才初次見到評審黃永武、鄭明娳等「學者作家」；高三穿著卡其校服直奔圓山飯店，在聯合報系主辦的「四十年來中國文學會議」上，更首度看到高行健等「海外作家」；同年參與在陽明山華興中學旁一所教會的台灣文藝營，換成第一次認識這麼多「本土作家」。上述零星接觸經驗，顯然無法滿足我亟欲認識「作家本質」的渴望。偏偏自己雖對台上侃侃而談的作家們充滿敬意，卻只是低頭抄筆記一族，從不敢貿然提問或索取簽名。像這樣本性孤僻、寧願抱字取暖的人，高三升大一前夕卻想跟人合辦「植物園」現代詩社及詩刊，簡直是自找麻煩。詩社要怎麼組？稿子該怎麼約？文壇長什麼樣？不是校刊的文學刊物該怎麼編？……千頭萬緒，無一通曉，只好先報名聯合文學文藝營跟耕莘寫作會活動，多少帶著賭氣兼賭運的心態。當時的聯文偏重短期密集講授，耕莘則是長期互動課程，我遂選擇成為一屆聯文生、四年耕莘人。

年紀太輕、識見太淺、膽子太小，我跟作家們還是搭不上話，幸好在別處另有收穫。興隆路住家雖離公館不遠，但直到進了耕莘，我才知道這一帶竟有許多秘密基地——可以毫不誇張地說，剛升大學時我的文學私人地圖，完全是以耕莘寫作會為中心來繪製。若唐山書店算是老窟，甫創辦的女書店便是新巢，再加上耕莘所設「寫作小屋」，連結起來便是座偌大書房，負責餵養我知識，一新我視野。小屋所藏上個世紀七〇、八〇年代詩集甚多，除了提供我自行閱讀補課的資源，亦開啟我日後蒐購文學舊書之動機。連「植物園」成立後的第一次聚會，都是向耕莘商借小屋舉行。迄今我仍記得，後來遠赴南非的第二期主編林怡翠、不幸早逝的封面設計劉信宏，與大夥或坐或躺在塌塌米上的身影。「植物園」的定期聚會隨後雖改往波西米亞人咖啡館，依舊位於耕莘文教院後巷，直到該店搬往長安西路現址。

除了地理位置上的文學私地圖，以寫作會成員為中心的「耕莘人地圖」對我更顯重要。因為參加耕莘，遂得以認識許多欲把金針度與人的文學良師，以及一批結交至今的人生益友。我的九〇年代文學旅途，正是在陸神父、楊昌年、白靈、陳銘磻等師長呵護甚至縱容下開展，也有幸獲得已享文名的凌明玉、管仁健等「同班同學」指正扶持。其中擔任寫作會秘書長暨《旦兮》雜誌主編的黃玉鳳（詩人葉紅），對我個人而言堪稱亦師亦姐，她更具體示範了何謂耕莘人的多才多藝。二〇〇四年某日突然接到玉鳳姐於上海辭世、即將舉辦追思會的電郵，我在震驚錯愕之餘，也徹底斷了與寫作會的最後聯繫。

此後我便成為耕莘失聯份子，不曾再踏入寫作會一步。路過那棟被拆除的大樓時，亦不免自嘲關卿何事、莫生感嘆。當過輔導員、得過文學獎、演過小劇場……我的人生中有不少與耕莘相關的小事，甚至曾因為寫作會要在聖本篤修道院舉辦文藝營，生平才首度造訪淡水。豈能料到二十年後，我竟有緣在淡江大學中文系任教？人不耕莘枉少年，很慶幸在九〇年代初識文學的「青春期」，我也曾經那麼耕莘。

寫作會所在地耕莘文教院，藏有我十七到二十一歲最美好的文學經驗——愛與錯愛，離世友人，詩的聲光，植物園詩社，而今一切俱往矣。其實辛亥路到新生南路一帶文學作家及藝文團體「密度」頗高，耕莘附近還曾有文殊院寫作班，我在那裡第一次也是最後一次見到了林燿德（一九六二～一九九六）。現在連這個寫作班的「遺址」都不好找了，倒是各大學自辦的寫作營跟校內開設的創作課越來越多。學院外的民間寫作班曾有輝煌的過去，至盼它們都能挺過不確定的未來。

◎附：耕莘與我——

一九九四年：高三升大一，初入耕莘寫作會。認識白靈等欲把金針度與人的文學良師，以及結交至今的人生益友。

一九九五年：黃玉鳳擔任耕莘青年寫作會秘書長、《旦兮》雜誌主編。開始嘗試投稿，遂不時可在《旦兮》及耕莘文學獎的不同文類，看見我幼稚的習作。

1996年陳銘磻主持耕莘文藝營活動，
前排左一為青年楊宗翰。思之羞赧，莫可奈何。

一九九六年：黃玉鳳任耕莘文學劇坊總監並監製「詩的聲光」。我成為寫作會輔導員，並參與林煥彰詩作〈十五・月蝕〉演出，地點在現已不復存在的耕莘小劇場。

一九九七年：從輔導員再度轉換為學員，參加台師大楊昌年教授開設的首屆作家班。我因此膽敢跟已享文名的凌明玉、管仁健、鍾正道等人以「同學」相稱。

一九九八年：赴台中攻讀碩士學位，與寫作會失聯。

二〇〇四年：黃玉鳳於上海辭世，我也徹底斷了與寫作會的最後聯繫。

春明，這個愛笑的男孩

黃春明九十歲了。他還在寫，還有故事要說，還有撕畫要做，還有戲要編要導。每當有人問黃春明：「你怎麼好像有兩個腦子，能夠同時筆耕小說與兒童文學不輟？」黃春明通常都這麼回答：「一個頑皮的小孩，什麼都會玩！」黃春明就是頑皮的男孩、健談的男孩，也是愛笑的男孩——儘管幾年前他才走過淋巴癌對身體的威脅，現在的心態就像在「日日是好日」創作展開幕時所說：「你站在沒有時刻的月台，不知你的列車何時來到，活一天賺到一天，日日是好日」。

黃春明對底層人物、土地自然與兒童世界的關懷，讓他很早就成為享譽華人世界的文學大家，獲獎無數，成就斐然。就算沒看過他的小說，也多半看過作品改編的同名電影，如《兒子的大玩偶》、《看海的日子》、《莎喲娜拉．再見》。他的創作以小說為主，兼及散文、戲劇、詩與兒童文學；並且還在文字書寫外，發展出撕畫、插畫、攝影、油畫等各式視覺創作，皆洋溢著豐沛的熱情與獨特的想像。

今日眾人景仰的文學大家，成長過程卻充滿煩惱，問題不斷。或許是因為他幼時喪母，加上個性好強，青春期時又長成肌肉男，竟因為太常曠課與打架，曾被兩所中學跟兩所師範學校退學（羅東中學、頭城中學、台北師範、台南師範）。幸好都有遇到師長幫助他轉學，總共五年才在屏東師範順利畢業，恐怕也創下了空前的「從台灣頭，念到台灣尾」的師範生記錄。畢業的時候他已經二十四歲，去當了三年老師、兩年兵，二十九歲任職於中國廣播公司宜蘭台時，認識了同為主持人的一生伴侶林美音女士。

退學四次的他，後來獲得六所大學頒贈名譽博士。二〇一五年國立台北教育大學（前身即為令他退學的台北師範）一百二十周年校慶，他在獲頒名譽博士的典禮上說道：「教育的寬容，讓像我這樣有一點點才氣的人，才不至於被犧牲掉了。」其實也是因為他始終沒有放棄自己，一心想回到學校。每一次也都遇到惜才的師長給他機會、拉他一把，遂讓黃春明得以屢仆屢起，也讓他筆下的人物境遇再怎麼悲慘淒涼，小說通常還會存有救贖，有希望，有光。黃春明的童話也會跟孩子坦率道出成長過程中的徬徨寂寞，訴説被歧視的痛苦和對尋求認同的渴望。但他也會用自卑的短鼻象、不抓老鼠的貓來告訴兒童讀者，與眾不同並非是什麼罪過。

其實黃春明自己，就是一名敢於與眾不同的作家。研究者或文學史家常稱他是「鄉土文學」的代表作家，唯就像他在〈呷鬼的來了〉藉由石虎伯之口提出的質疑：「為什麼我是鄉土？是褒獎呢？還是什麼？照理應該褒獎才對。鄉土又是什麼意思的褒獎呢？」而他對「鄉土」一詞，有過屬於自己的定義：「腳踩在泥土裡，在泥土裡開出漂亮的花」。他的創作從來就不從理論出發，豐沛鮮活的語庫也多來自鄰里街坊、廟口看戲或巷議雜談，可以説黃春明是嗅聞著腳下土地和小人物氣味，自發自養自開花的一名創作者。他後來的工作經驗，也跟創作相輔相成行銷：小說〈小寡婦〉裡很多內容關乎市場調查或顧客心理，得益於他曾在台北擔任廣告行銷。而德國運動用品的製造商adidas的中譯「愛廸達」，這三個字的譯名亦是由黃春明創想而生。萬幸的是，電台或廣告工作從來沒有侵蝕黃春明對文學創作近乎純粹的愛。在剛搬到台北，替沒有稿費的《文學季刊》寫作〈看海的日子〉連載時，黃春明邊寫邊流淚，因為他感覺小説女主角白梅的命運實在太可憐了。這部沒有稿費的作品成為他早期的代表作，《文學季刊》也一直是他許多作品的刊登處。

2024年5月與黃春明於明星咖啡屋合影，
小說〈兒子的大玩偶〉就是在這寫出來的。

黃春明的作品一方面見證了時代，另一方面也更超越了時代。〈看海的日子〉源自在萬華寶斗里電器行修電扇半年間，對妓女戶的觀察；〈兒子的大玩偶〉是主角為了生活只能扮演成小丑模樣，連親生稚兒都認不出父親；〈蘋果的滋味〉敍述建築工意外遭美國軍官撞斷腿，因禍得福很高興能拿到各種補償。他寫下了半世紀前台灣在「進步」二字下的小人物無聲吶喊，足為時代之見證。而〈莎喲娜啦·再見〉裡那心中「反日」卻又得帶日本客戶嫖妓的業務，則儼然詮釋了後來才出現的「後殖民」理論，堪稱大大超越了時代。無論過往是見證抑或超越，從近年他出版的《跟著寶貝兒走》、《秀琴，這個愛笑的女孩》和《巨人的眼淚》來看，黃春明無疑是華文世界的瑰寶，是最會說故事的九旬作家，當然也一直都是那個頑皮愛笑的小孩。

悼瘂弦，憶瘂弦

瘂弦是華文世界最重要的詩人之一，歷來三次台灣「十大詩人」選拔他皆榜上有名，可見其在眾多創作者跟讀者心中占有的重要地位。瘂弦早年曾赴美國愛荷華大學的國際創作中心學習，繼而又到威斯康辛大學攻讀並獲得碩士學位。寫詩是他最重要的起點，但一九六五年後他就停筆不寫詩了；這年正是孫中山的百年誕辰，瘂弦憑藉著一口字正腔圓的聲調和穩重大方的風度，在話劇《國父傳》中榮任主角孫中山，海內外連演七十場，大獲好評。但他真正展現影響力之處，不在話劇，而是編輯。瘂弦曾主編《創世紀》、《幼獅文藝》、聯合報副刊等重要期刊雜誌近四十年，經驗豐富，體會多樣，長期維持著卓犖、優越、精緻的品味。一九六九年瘂弦先是應邀主編《幼獅文藝》，後來聯合報系聘請他主編《聯合報．聯合副刊》，遂和主編《中國時報．人間副刊》的高信疆，在激烈競爭與相互激盪下，創造了華文報紙副刊的鼎盛時期。

他策劃與主辦「聯合報文學獎」，鼓勵海峽對岸及海外作家，亦提攜本地青年作者；又主編多部重要選集與大系，以編選行為實現「臺北作為華文文壇重鎮」之企圖。瘂弦熱切擁抱現代，卻也不忘傳統；他既追求在地性，也胸懷全球化佈局，遂能讓《聯合報．聯合副刊》在北美與東南亞開枝散葉，對各地華文讀者影響深遠。除了寫作與編務，瘂弦長期身體力行參與文教、社教之推廣。其使命感既見於詩創作與文學編輯，復昭然若揭在歷年撰寫之之序跋與文論，思維深刻，人情練達。

瘂弦畢生奉獻於文化事業，工作雖立足島嶼台北，影響卻遍及華文世界。瘂弦所造成的深遠影響，至少有以下三個方面：編輯、創作、評論。

先說編輯。從一九六〇年代開始，瘂弦先後主編《幼獅文藝》、《聯合報》副刊，在編輯台上服務直至世紀末才光榮退休。在紙本媒體的盛世，他那本土化與現代化、民族化與全球化共謀的思維，無疑在最大程度上推展了台灣的文化視野，影響了台灣的文學發展。在國人尚未將眼光及於海外的年代，瘂弦還選編了《當代中國新文學大系．詩卷》，兼顧海外華僑、華裔詩人作品，收錄的範圍包括新加坡、馬來西亞、菲律賓、越南、香港及英國、美國，為「華人文壇」插旗，預示了「世界華文文學一盤棋」的新時代思維。一九八〇年代瘂弦主辦「聯合報文學獎」，又附設「中國大陸短篇小說獎」，獎勵海峽對岸長期不相往來的作家，令人佩服他的獨到眼光與寬廣胸懷。他在副刊媒體傳播上，勤於提携年輕有潛力，或鼓勵因故停筆、社會位置殊異的各式創作者。譬如他設計了邀集光復前台灣作家再出發的《寶刀集》，與溝通融合不同階層價值觀的「第三類接觸」專題，都堪稱是彼時副刊企劃上的創舉。一九七六年他與楊牧、葉步榮、沈燕士，一同成立洪範書店，更是以出版選題和圖書企劃等方式，展現出獨到視野及編輯宏圖。

再論創作。瘂弦是現代漢語詩風格的創造者，以《瘂弦詩集》為世所重。其詩作被視為「古老中國和現代西洋混合的產品」，接收了西方現代詩技法的衝擊，融入戲劇性、民謠風，成功轉化出屬於他的獨特詩風。台灣歷來曾有三次「十大詩人」選拔，每一次瘂弦都在最終的「十大」名單內，可見其被各世代作者或讀者喜愛的程度。論者稱許他的詩「對民族母語的貢獻永不磨滅」，而且直到二十一世紀的今天，「瘂弦風」仍在華文世界廣被傳誦。

末談評論。一九六六年以後瘂弦最重要的筆耕成果，多在理論研究與評論實作。

舉凡談新詩殿堂的建造、對現代詩的深度省思、論台灣詩的薪傳……，既宏觀詩史，又逐一掃描詩人，縱橫燭照，筆力壯闊，遂能完成《中國新詩研究》、《聚繖花序》（I、II冊）及《記哈客詩想》，共計五十萬言。論其成績，已是當代詩學領袖級人物。其中一九八一年出版的《中國新詩研究》一書，在兩岸對峙、新文學發展斷裂、史料極度缺乏的年代，瘂弦率先引介十一位新文學運動先驅詩人及其作品，正可作為台灣詩壇參照的最佳讀物。

瘂弦在不同的年代，貢獻心力於台灣社會必須面對的課題。他始終能以最寬闊的胸懷面對變局，堅持博大與精深的編輯取向，對於安身立命的文化工作更是永遠懷有信心。二〇一四年由目宿媒體與陳懷恩導演拍攝之電影《如歌的行板》，試圖呈現瘂弦這位詩人暨編輯人，穿梭河南、台灣、溫哥華三地的過往、身影與影響。二〇一九年他獲頒第二十八屆柔剛詩歌獎特別榮譽獎，二〇二三年又獲頒第二十七屆臺北文化獎，可見他晚年雖然定居加拿大，但對海峽兩岸文化人的啟發絲毫未有減少。二〇二四年十月十一日早晨詩人在溫哥華遠行，跟摯愛的夫人橋橋，於天堂相會了。憶起十年前我有幸專訪瘂弦，請他談談那一大套《聯副三十年文學大系》。我們在綠茶香氣縈繞的「紫藤廬」裡對坐，撫摸著《聯副三十年文學大系》朱紅封面，當年編委會

2014年11月與瘂弦合影於台北紫藤廬茶館。
攝影者李昌元跟詩人瘂弦今皆已仙逝。

執行總編輯瘂弦笑著說道：「如果把這套書做成被單，蓋在身上一定非常溫暖。」十年後當我回憶起跟瘂弦幾次接觸與晤談，更加感覺到：他說出的每一句話，都讓聽者倍感溫暖。

奇書背後

——編者葉步榮憶作者王文興

我跟洪範書店同一年誕生於世，並且從中學起就持續購買他們家的書，算得上是一名忠實讀者。猶記得二〇一六年八月洪範四十歲生日，未見張揚、不事鋪張，僅推出四本書作為紀念：王文興長篇小說《剪翼史》、楊牧譯敍事詩《甲溫與綠騎俠傳奇》、西西散文集《試寫室》與陳育虹詩集《閃神》。今年我卻是在飄著小雨的雙十國慶午後，請編輯葉步榮回憶九月底往生的作家王文興，心中感受，甚為複雜。我向他提到四十歲生日的四本書作者，二〇二〇年先是楊牧辭世、二〇二二年年底西西大去，今年王文興又走了……再加上林文月和林泠，這幾年間洪範仙逝的作者實在太多。葉先生跟他們每一位都往來多年，我是多麼希望他能撥出時間，寫下一部屬於自己的回憶錄。

身為長期在幕後為作者服務的編者，葉步榮文字好、又能寫（「洪範體例」中著名的書耳文案，若非楊牧親撰，就是由他操刀）；但他實在太忙，年逾八旬仍在家替《楊牧全集》等書勞心勞力，從不言苦。這次迫於時間壓力，只能採用訪問形式，期盼未來能讓葉先生提筆寫下像〈空山不見人——懷念楊牧〉（二〇二〇年五月三十一日《自由副刊》）這般文章，好好回憶他跟王文興之間的編者╱作者多年情誼。

若加上重排改版，洪範書店總共出了王文興十本書，可以分為長篇小說、短篇小說、散文隨筆及早期未結集作。三部長篇小說，從《家變》、《背海的人》到《剪翼史》各有故事，僅就排版一事來看，三部長篇就經歷了三個時期。《家變》（一九七八）、《背海的人》上冊（一九八一）採活字印刷；《背海的人》下冊（一九九九）採照相打字，意即先將字打在相紙上，再以平版印刷處理。如此雖沒有凸版的立體感，但仍能保留鉛字的秀麗。到了《剪翼史》（二〇一六）則為電腦排版——其實一九九七年《徐志摩散文選》問世後，葉先生便忍痛結束使用鉛字印刷，之後洪範的書都改為電腦排版。

無論採用哪種方式，將王文興的小說製版都是巨大的挑戰。譬如耗時七年所撰之長篇小說《家變》，一九七二年首次發表於臺大外文系發行之《中外文學》月刊第一

我跟洪範同一年誕生於世。
2023年竟有機緣赴葉步榮先生家請益。

卷第一期，一九七三年由環宇出版社出版。當初環宇版就是照著《中外文學》刊出時的版型製作，因後者為王文興逐字細校，故環宇版並未做調整。待五年合約結束，轉由洪範出版時，葉步榮原本有意重排，衡量到作者校對時間等因素，最後只能放棄，繼續沿用。但《中外文學》雜誌開本跟洪範書籍的三十二開有別，當時編輯想必費了好大一番功夫。後來的《家變（精裝新版）》（二〇〇九）乃作者耗時一年重新校訂，經洪範隆重推出，於今連改動處都已成為學界關注、研究的議題。《背海的人》原本也在《中外文學》上刊登，唯連載一段時間後不幸被腰斬。後面待刊之部分，葉步榮索性拿回來，由洪範自己處理編排事宜。從《家變》到《背海的人》，葉步榮在洪範創業初期便跟王文興在編輯過程裡，建立起密切的合作關係，作者要求嚴格，編者認真配合。

這位作者態度慎重，對文字堪稱一步不讓，已臻傳奇之境。他寫好一本書後，通常都要校對與抄寫一整年。所以他交給洪範的並非原稿，而是抄寫稿，交稿後便不會再作改動。王文興的抄寫稿充滿了小說文字的拆解或結合、標點符號的創新和取捨、特意留白或字體加粗等，編者葉步榮從不假手他人，都是親自跟作者配合。當然葉先生仍會在必要時提供作者某些建議或提醒。有些地方，作家很堅持不改；也有一部分，作者會聽從編者所言。我問葉先生，王文興跟楊牧在校稿上是否恰為對比？他說：「王文興他是先寫，慢慢修改，改到最後定稿了，以後他絕對不改。楊牧則是一直改，到最後要印了，他都還會再改。兩位作家確實很不一樣。」

當我拿出二〇二〇年八月《文訊雜誌》上所刊，占兩個半頁的〈王文興《剪翼史》勘誤表〉時，葉步榮立刻說，那是他跟王文興一起找出的——發現這十二處勘誤，距離出版日期已滿四年，可見作者與編者對作品的慎重、對讀者的負責，在在令人敬佩不已。關於王文興小說的出版，還有過虛驚一場的逸事；某日合作印刷廠遍尋不著王文興的印版，只好向葉步榮據實以告。葉先生說，那只能請作者重新校對了，通常要花一年時間，你們廠得準備負擔教授一年的薪水。印刷廠聞言大驚，或許就是在此刺激與驅動力下，最後竟還是找到那些印版了。

洪範總共替王文興出版過兩部短篇小說集：《十五篇小說》（一九七九）與《草原底盛夏》（一九九六）。前者為《玩具手鎗》與《龍天樓》兩書集結，作者重新修改了其中的文字與標點符號。全書收錄十五篇作品，我特別喜歡說它是：書名直白，霸氣外露。而《草原底盛夏》屬於洪範「二十年隨身讀系列」之一，原為作者發表於《現代文學》第二到八期的五篇小說，率皆著重詞句創新，講究文字形體，頗富實驗

作家吳晟和洪範書店合作整整四十年，
2023年我在台北書展，拍下了他和葉步榮的首張合照。

性格和詩化語言特質。葉步榮說「隨身讀」系列是一九九六恰逢洪範創立廿週年，先是迪茂出版社老闆向他建議（後來才知道原來是顏擇雅的點子），之後鄭樹森也跟他說此事，葉先生才去公館的外文書店，找到他們口中那套企鵝出版社六十週年的低價位迷你書。鄭樹森教授隨後便接受洪範託付，主編這套隨身讀系列出版品，其中就選擇了王文興《草原底盛夏》。葉步榮說跟長篇小說相比，兩本短篇小說集（有部分內容重複）編印起來容易多了。

散文隨筆《小說墨餘》（二〇〇二）和《星雨樓隨想》（二〇〇三）亦復如此。無論是懷舊憶往、宗教體會或探索觀察，筆下文字都沒有像寫小說時那般緊密逼仄，而在替讀者留下睿智雋永的晶瑩話語。早期未結集作《新舊十二文》（二〇一九）是王文興最後一本書，收錄他早期發表後尚未結集出版的十篇作品以及〈M和W〉（一九八八）、〈明月夜〉（二〇〇六）二篇。這本書在編輯上特殊之處，為作者王文興把校對工作交給學生輩的洪珊慧等人全權處理，而葉步榮仍然擔任洪範編輯事務的對應窗口。

從一九七八年的《家變》，到二〇一九年的《新舊十二文》，作者王文興四十年來在洪範的十本書，都由編者葉步榮親自處理，不畏細瑣，無一例外。奇書背後故事多，但我想能夠支撐起長達四十年的出版因緣，除了兩人間深厚的情誼，應該還得有相同的信念吧？訪問結束前，我唸出一段過往葉步榮受訪時的談話：「洪範從一開始，就很清楚，想提供讀者的是文字，我們出書盡量不用插圖和附錄書評，書眉也省略，也不希望在封面或封底放上宣傳廣告。」（李金蓮訪葉步榮、葉雲平父子，《文訊》第三七〇期，頁九十八）還記得王文興在《家變》序中所言：「『家變』可以撇開別的不談，只看文字……」。我始終相信：只要信念相同，編者與作者自然就會綁在一起，長久相伴。

當詩人仰望星空

——拜訪方莘

方莘是一個「社性」相當弱的詩人，雖曾參加「藍星」詩社，也曾擔任《現代文學》與《劇場》的顧問，卻幾乎不太涉入團體間或是文壇裡的活動，對讀者而言充滿了神祕感。久居美國的他難得返臺，而這次竟是為了辦一場詩與音樂結合的作品發表會，本人自然不會錯過——青年時嗜讀方莘，到中年能訪方莘，我是有福之人。

說是訪談，其實更像是拜訪：敲詩人的門，敍一敍家常和往事。就從他唯一的成書的著作，一九六三年二月現代文學社印行的詩集《膜拜》聊起。全書分為三輯，共收錄二十一首詩作（〈練習曲〉四篇合算一首），書末並附有作者自撰之後記。第一輯的〈月升〉、第二輯〈練習曲〉、第三輯以齊足不齊頭排列的〈膜拜〉、兩首〈夜的變奏〉等，皆已成為愛詩人賞讀再三的名作。我請他回憶，六十年前毅然決定出版詩集的原因？方莘說會出版《膜拜》，現在歸納起來有兩種原因：第一是記得當時就讀東海大學的葉珊非常有名，他已經出版了自己的詩集；方莘自己覺得已經寫了不少，應該出一本個人詩集，再繼續前行。第二個原因是，他覺得雖然起步比較早，但已經寫下了〈膜拜〉、〈咆哮的輓歌〉這些詩作，自認已經走到一個高原地帶，遂想把這一部分先拿出來。《膜拜》完全由他自己編選，甚至於書的版式也是由他自訂。封面則獲得韓湘寧同意，用他的畫來做封面——可惜當時的印刷不是那麼好，有點看不出來，只知道有一個膜拜的模樣。

韓湘寧跟方莘兩人是師大附中的高中同學。彼時方莘對繪畫很感興趣，高一時晚上在家做壁報，他畫過一幅有如木刻的６Ｂ鉛筆畫：有一個人在劇臺上演講，下面有幾個聽講的人。其中有一位把臉別過來，沒在聽講，朝著後面「第四面牆」做出一個很驚奇的表情。每當回憶起這段往事，韓湘寧都會說：「方莘那個時候，已經在做現代藝術了。」我詢問方莘後來為何沒有朝繪畫方向發展？他只說：「我很有興趣畫畫，只是比較『手懶』。」

他還是更多地走在詩的道路上。憶起當年寫出〈膜拜〉跟另一首〈熱雨〉後，滿懷希望投給《創世紀》，結果竟被退稿。後來他提起這件事情，才知道雖然這兩首詩很特別，但因為自己還太「新」，該刊的主編瘂弦、洛夫和張默不知道這個新人是不是會繼續寫下去，在諸多考量之下就婉謝退回了。方莘遂直接去見了《現代文學》的王文興跟白先勇，他們看完詩稿後，承諾可以在「現代文學社」出版。書中〈夜的變奏〉如交響樂形式般的排版相當困難，出版社編輯為此還特別請作者到印刷廠去做校對，因為他們從來沒有見過那樣子排版的詩作。一九六三年《膜拜》印行出版後一鳴驚人，六十年過去了，方莘身邊也僅保存了兩本書況陳舊的《膜拜》。

關於「社性」，他直率地表示：「說得不好聽一點，不相干。」回想當年開始寫詩的時候，因緣是有一位長輩的兒子上官予（王志健），知道十四歲的方莘在寫詩，拿了幾份自己編的《今日新詩》給他看，並跟他邀稿。方莘遂在《今日新詩》上發表了不少作品，後來也因為此一機緣，還是初中生的他就參加了藍星詩社。「藍星」的余光中、鍾鼎文、覃子豪、夏菁都對他鼓勵有加，他也因此繼續寫了幾年。不過在《今日新詩》上刊出的作品，說起來還是比較傳統式、田園風的。方莘還記得，當時讀《今日新詩》中的眾多詩作，覺得佳作不少，只是後來回想起來，似乎只記得一位王祿松的作品，印象頗為突出。一直到方莘因為在高中時接觸到歐洲的現代藝術和美國現代詩，才有了真正的蛻變。那時因為他有一個大姊住在芝加哥並擔任大學圖書館館長，知道他在寫詩，便訂了一份芝加哥歷史悠久、每月一期的*Poetry Magazine*，讓他閱讀與學習。這時候他對「詩」的真正認識，才算正式開始。

方莘讀大學的時候已滿二十歲，因為他在附中高一時因為數學、體育和公民三科不及格，留級一年，所以他高中就讀了四年。可是留級的這一年給他在心理和智慧上很大的激勵和啟發。那時十八歲的方莘，終於覺得自己「開始能寫『現代詩』了。」《膜拜》沒有收錄《今日新詩》上那段過渡時期的作品，問他會不會覺得可惜？有沒有想出創作全集的打算？方莘語氣堅定地表示：「現在說起全集，我覺得還太早。因為我現在還要繼續寫。對，我要繼續寫。」

靈感來源與面對批評

十四歲開始寫詩的方莘，啟發過他的前輩有哪幾位？方莘提到了鍾鼎文、覃子豪、余光中，夏菁以及後來的方思，都曾是自己的Mentor（導師）；但後來方莘想，「我有自己的路子要走」。身為「藍星」一員，他雖然不能說完全沒有，卻也是真的很少積極參加詩社活動。當時他就發現，自己對「藍星」那般的創作理想原則不太認同，反而是更被「創世紀」的創新風格所吸引。他對主編《現代詩》的紀弦也頗有印象，自己到了美國後，還曾偶爾跟紀弦打電話。有次他致電說道：「我是方莘。」紀弦想了一想，回答：「啊，啊，啊！方莘，你的詩當初不怎麼樣……後來很好！」方莘覺得這句「後來很好！」就夠好了，也不容易了。方莘並記得曾和紀弦說：「我也是數學不及格的。」紀弦聽了大笑，因為他從前有一首詩題目就是〈我也是數學不及格的〉。至於覃子豪，當年在糧食局工作時，方莘去找他談過很多次話。方莘有一首詩〈長街的憂鬱〉，就是那時為了找覃子豪談詩，走在中山北路新鋪了白色方磚的人行道上時得到的靈感。

至於夏菁，方莘記得曾有一首〈籐籮架〉發表後甚得他的稱讚。後來納入《膜拜》之後，自己覺得不妥。當時的理由，是要用這首作品表達出創作的變化進程。其實有三首詩作：〈起重機〉、〈巷之構圖〉和〈我記得：這是「現代」〉，都是方莘自認的得意作品；之所以沒有納入書中，當時的原因是覺得這三首有關「都市文明」的作品，和書中的其它作品格格不入，想要等到日後有更多的作品，再納入新的詩集中——現在想起來，他覺得頗有「矯情」之嫌。

方莘的詩，靈感來源或背後本事都頗有意思。譬如〈黃金分割的錯誤〉，他說是在大學聯考落榜後去上補習班，但對數學怎麼聽也聽不進去。有一回差不多四、五點鐘，他走出教室，上到補習班樓頂，看到都市景觀跟落日場景，結合剛剛苦思不得解的數學理論，遂有〈黃金分割的錯誤〉。他當時就覺得，不能也不願將自己納入既有的社會建制中，才會說自己「只是一個多餘的錯誤」。詩人透露，他自幼時起，就一直覺得自己是個「異鄉人」。直到今天，他無論身處何處，總會覺得自己格格不入，無所適從。在他的多種詩作中，多少都會隱藏著這樣的情懷。方莘在升學考試上一直不順利，他首度參加聯考的第一志願，是師大藝術系。結果學科、術科都不及格，落榜了。第二次考試的第一志願是臺大哲學系，但沒有考上，反而進了第三志願的淡江讀外文。他有一首比較長、格式比較特殊的〈去年夏天〉，整首詩的背後就是聯考落榜那一年生活體驗跟心理歷程的反映。

我問詩人，六十年前毅然決定出版詩集《膜拜》後，收到了哪些迴響？他只記得一九六三年二月出版時印了兩千本，在經過武昌街明星咖啡屋樓下時，曾拿了十本交給周夢蝶。再路過的時候，周夢蝶說：「你還有沒有可以給我的啊？三毛已經把你的詩集全部買走了！」因為韓湘寧是三毛的繪畫老師，方莘也因為韓湘寧的關係和三毛見到面。三毛曾說，她隨身帶著《膜拜》，有空時就看一看，但後來那本書弄丟了。

一九七〇年代初期「現代詩論戰」中，執教於新加坡大學的關傑明曾經發表一篇〈再談中國現代詩〉，文中批評方莘之詩作為「玩票藝術」、「濫用語言」、「逃避生命」，幾乎全面否定了他在創作上的一切努力。我問方莘怎麼看待彼時這類嚴厲的批評？他說就是「一笑置之」，不會因為這沒頭沒腦的幾句話或毫無依據的批判，就改變了他寫作的價值和信心。方莘說自己「可以說是很懶的寫作者」，加上寫作比較慢，所以他很早就說過：「我的每一首詩，都是我的第一首詩，也是我的最後的一首詩。」他認為他的每一首詩，都是一個獨立的創作，好像是一座雕塑，做出來後就是獨立的、沒有任何連續性和依靠性。

最後的「詩蹤」

方莘擅長針對同一主題做出不同發揮（如方思的〈夜歌〉，在方莘筆下化為「其一」的交響詩、「其二」的獨奏曲）。他詩作中的前衛性，我認為不僅是追求一種繁複的片段組合，更是嘗試去打破現代詩語言使用上的習套，直接挑戰讀者對於現代詩語言的熟悉感，是一種非常成功的「陌生化」。方莘的詩就是獨一無二、難以模仿的存在。現在的「藍星詩人」，最資深的八、九十歲前輩僅剩向明、敻虹、方莘，再接下來就是趙衛民這一代了。但方莘一九八二年四月遷居美國後，就與國內眾人罕有聯繫，可以說是完全離開了臺灣的詩壇。用詩人自己的說法，就是：「把我在臺灣寫詩的那段事情擱下了」。他的注意力轉向學習程式語言跟電腦軟體，如COBOL、BASIC、Lotus 1-2-3等等。他說當時看著自己寫出的程式列印出來，就彷彿看到了自己的詩作一般。

據現在可見的資料，他最後一首公開發表、比較有分量的作品應是一九八二年四月赴美前的〈請進〉。方莘說，當時知道自己生命和創作已經走到一個段落，所以寫出這首詩，就好像寫出了一篇他作為一個詩人的心路歷程。後來他在一九八六、一九八七年間曾經回臺灣幾個月，那時他經常去明星咖啡廳，就在那裡寫下了〈開車〉。因為他在電視上，看到蔣經國總統坐著輪椅出來開國民大會，忽然有一個想法：坐著輪椅的蔣總統，兩隻手放在輪椅兩邊用來推動的輪子上，不就是好像在開車嗎？詩人說蔣總統就像是一個駕駛員、一個導航者，他像是在臺北街頭駕著計程車，走過各條名為「忠孝」、「仁愛」、「信義」、「和平」以及名為「民族」、「民權」、「民生」的道路。當他把前窗的雨刷打開時，好像眼前展開了一幅大大的扇面畫，可以看到很寬闊的景觀，看得到崑崙山，也看到戈壁大沙漠，也可以看到長江大河。方莘說，最痛心的是，詩寫出來沒有多久，經國先生就走了。

至於一九八一年在《中外文學》發表的〈青瓷花瓶——遲贈早去吾兒〉，我認為是一首非常感人的悼亡詩。這首詩讓詩人回憶起，一九七四年生命中的一大憾事：懷有身孕的太太還在民航局上班，有一回在回家的公車上，覺得怎麼肚子整天沒有動靜，夫妻倆就跑去醫院檢查。結果發現是已經八個月的胎兒在子宮裡因為肌瘤的壓迫轉動，頸部被臍帶緊緊纏繞住。未謀面的孩子，已經沒有命了。其實剖腹手術後，護士曾將取出的胎兒放在不鏽鋼手術盤上，呈給在外面等待的詩人看。詩人說，看到已經八個月的胎兒白白胖胖，方面大耳，其實很像詩人自己幼時的樣子，只是閉著眼睛。直到一九八一年，詩人已經有了一位健康、活潑、聰明又可愛的女兒後，才能忍住回想的悲痛，寫下了這首感人的〈青瓷花瓶〉。這首詩裡面有一個男孩——詩人想像自己在書房裡，窗外有一個小園子，園子後面有樹林，樹林裡面有百合花。詩人叫孩子到林中採集一束百合，並將一隻青瓷花瓶交到他手中。孩子就推門而出，跑下石階，跨過園牆，然後詩人說：「磚櫺將他的背影交給天空」。男孩去林中蒐集百合，結果沒有回來；後來下了一陣雨，他已經在雷聲中到了天上。詩句是這麼寫的：「烈風自空中送來他的歡唱」，「匆匆的腳步已經去遠／青瓷花瓶在磚櫺間閃閃發亮」。

淡江中文系趙衛民教授主編《藍星詩學》二〇〇一年中秋號，推出過「方莘特輯」。〈青瓷花瓶〉發表於一九八一年，從一九八一到二〇〇一是二十年；從二〇〇一到現在，又過了二十年。今日的讀者已經很難從臺灣媒體或詩刊上，看到讓他們無比想念的方莘「詩蹤」。

赴美後的觀星生活

談到詩人赴美後的生活，他說自己除了從事多種諮詢和技術翻譯整理工作之外，對於藝術、音樂、戲劇、現代舞等都很有興趣，有機會都會去參觀、去欣賞。但他並沒有參加什麼詩社，也沒有什麼詩人朋友。他說這些年來往、交談最多的朋友，還是他女兒自幼稚園（美國的小學第一年是kindergarten）起的好朋友的父親Bruce Joffe，他是一位資深的科學家，但他對文學、哲學和天文都很有興趣，所以他們很談得來。另外詩人在美國的朋友，多半都是因為後來參加天文協會才認識的。在美期間詩人最喜歡跟別人談論的是天文和科學。他對牛頓的著作、伽利略、哥白尼的傳記等等，還有當代美國天文學家Carl Sagan的公視連續節目「宇宙之旅」（《Cosmos:

A Personal Voyage》）最感興趣，並且因而受到了許多的啟發。

方莘本來就對科學很有興趣，自陳「因為數學學不好，才走入詩的境界」。他說：「如果我真正的能搞數理的話，我想我可能也會寫詩，只是寫的東西就會不太一樣。」他到美國後，一有機會就去各大城市的天文館、天文臺參觀，就算有的進不去，光是在外面看它的那個圓頂，也足夠讓詩人感動良久。他一九五八年在臺灣時寫的〈我記得：這是現代〉（沒有收入《膜拜》）詩裡就已經寫到帕洛瑪，那指的是加州一個很有名的天文臺，叫「Palomar Observatory」。詩中有「帕洛瑪靜靜追蹤／前寒武紀的星光／大星雲的歌唱」這句，就是說帕洛瑪的天文望遠鏡，在追蹤太空裡面的星體運動。〈我記得：這是現代〉一詩，結尾為：

一隻火箭起飛　射向蒼茫的太空，
（這就是人類智慧的標誌）
我記得這是現代
大星雲旋轉的二十億年。

詩人回想當年（一九五八），在臺灣相對資訊匱乏的年代，不到一年前蘇聯方才發射第一顆人造衛星，十九歲的詩人只靠報章和廣播的訊息，能夠構想到如此高瞻遠矚的詩思，寫出這般預言性的詩句，可以說是相當驚人的。

這些年來，詩人為了追求天文和太空的體驗，已經先後在中國新疆、北美洲和南美洲阿根廷等地觀看過四次日全蝕，除了每逢新月時節和友人到天文館和灣區附近的山野空曠處守夜觀星之外，還曾經三度親自開車登上加州一萬四千英尺的高山觀星，以及到佛羅里達州甘乃迪太空中心觀看撼人心肺的巨型火箭發射。二〇〇四年在舊金山灣區奧克蘭市的夏伯天文臺（Chabot Observatory，一八八三年成立）任志工時，正巧是隊伍中唯一有中國文化背景的一員，就理所當然地投身協助，當時該臺和南京博物院合辦的「龍躍在天：中國古代的天文成就」（Dragon Skies: Ancient Astronomy of Imperial China）展出。主要展品是一臺約七尺高的「水運儀象臺」五分之一比例模型，原件在北宋末期靖康之亂時遭金人擄去，現在早已不存在了。這是一〇八八到一〇九二年間，朝廷特史蘇頌和工程專家韓公廉根據歷史資料合作研究製作的，是合併報時、天象展示和天象觀測功能的水力推動大型儀器。當時夏伯館策展人員無法開箱組合展品，還是由詩人翻譯解釋，展出才得以順利完成。展覽開幕後，詩人還應邀上史東主持的華語電視節目「八方論壇」，介紹這項夏伯天文館的特展。總共歷時半年展期內，據統計蒞館參觀人數超出平日的百分之二十，很多是攜家帶眷前來，也吸引了平時不會有興趣參觀科學館的華人。詩人記得有一位華人訪客向他鄭重地說：「我一直不知道中國古代還有這樣的科學。」方莘為此做了很多研究，曾先後走訪上海的佘山天文臺、南京的紫金山天文臺、昆明的鳳凰山天文臺，又走訪過河南登封的「觀星臺」。二〇〇〇年詩人走訪昆明鳳凰山天文臺時，一位在館工作的天文學者特意引領他到後山去，觀看一座高大雪白的無線電天文望遠鏡，並說這是中國專為追蹤將發射的「神舟」太空船而建造。

詩人二〇〇五年又參加了成立於一九二四年，一直與夏伯天文臺密切合作的東灣天文協會（Eastbay Astronomical Society）。初任圖書管理職時，他曾不顧阻撓，挺身而出，護衛協會所有的圖書館藏，免於因館址搬遷而遭到丟棄。之後擔任協會文獻管理時，又到奧克蘭和柏克萊各大圖書館藏書室，搜尋遺忘多年的珍貴歷史資料，並得以納入協會資料庫中。之後正逢二〇二四年天文協會慶祝成立一百周年，這個貢獻顯得深具歷史意義。

方莘現在居住在舊金山灣區的東灣，Oakland裡名叫Piedmont的小城。一九八二年四月來美時，剛從臺北再興幼稚園出來的女兒才不滿六歲，取名為「方以恬」；前面那個無緣的兒子，其實本來詩人想為他取名「方以知」（典出《莊子》：「古之治道者，以恬養知；知生而無以知為也，謂之以知養恬。」）詩人方莘這次在臺灣大學雅頌坊辦「詩與音樂的融合」作品發表會，其實跟女兒以恬很有關係。鋼琴家Holly Mead（荷莉蜜德）是以恬兒子路先的鋼琴老師，後來經過交談，老師知道方莘寫詩，而她自己既是作曲家也是鋼琴家，有自己的音樂事業跟網站（https://hollymeadmusic.com），女兒遂提議讓爸爸跟老師合作。待方莘將自己譯好的詩作中選了幾首拿給老師看，結果她回了話：「Gorgeous!」美極了！所以她馬上動手用電腦寫曲子。方莘聽了音頻後，覺得曲中意境，跟自己的詩很接近。他發覺Holly Mead對自己的詩很有感應。後來她又跟方莘進一步合作寫了一首「交響詩」，整個過程差不多三個月便告竣工。

二〇二四年十月三十日在臺大雅頌坊舉行的作品發表會，以鋼琴演出了〈夜性急的落下來了：交響曲〉等多首融合詩和音樂的作品，讓朗讀的詩句和鋼琴的旋律、和聲交相唱和，形成獨特的詩境表達。像這種跨年代、跨語文、跨藝術形式的多樣性藝術呈現，是詩人方莘一貫的主張：「詩」應該可以以一種獨特的、多樣性之藝術形式，來作具體表現。

演出最後，詩人和女兒分別朗讀同年四月才完稿、沒有列入節目表的長詩〈馬頭星雲〉中文和英文全文。這是這首詩在臺灣的第一次露面。同年九月二十一日詩人方莘和作曲家荷莉，曾在灣區Piedmont市內友人的私宅，用英文辦過一次小型發表會。

史詩〈馬頭星雲〉

二〇二四年四月他完成Horsehead Nebula（〈馬頭星雲〉）後，他認為這首作品「其實就是一首史詩」，我則認為：這是詩人方莘長期仰望星空、醞釀甚久之下的一首最新代表作。他說自己在一九六八至一九七〇年，在加拿大Montreal研讀西洋文學時，因為對當代歐美各方面新興文化現象都很感興趣，又逢彼時太空探測議題正熱，美俄之間登陸月球的競爭激烈，詩人遂開始關注及此。也早在半個世紀前，方莘就已有「木馬屠城」的意象，並寫出了〈馬頭星雲〉這首詩一開始的前六行。後來因為求學期間課業忙碌，雖然這期間他也寫出並在《現代文學》發表了〈色雷斯輓歌〉和〈沙時計〉這兩首獨特的作品，但是詩人反思像〈馬頭星雲〉這樣宏大的題材，不是可以輕易處理的，遂將這一個構想擱下。這一擱就是五十年。

到了二〇二三年十二月，他完成了一九六三至二〇二三年回顧詩集英譯後（書名暫定《膜拜——夜性急的落下來了》），終於下決心寫〈馬頭星雲〉全詩；這次卻是用英文先寫，也把五十年前寫的開頭六行譯成英文。這首詩在時間上，從上古神話、史詩時代跳到二十世紀中期，再跳至二十一世紀初期；在空間上，從愛琴海跳到太平洋，再跳到日本，又從小亞細亞跳到北美洲，而且從時間和空間的跨距上來看，一千三百光年之外太空裡馬頭星雲的出現，使地球上人世的一切愚昧和悲劇，頓然顯得無比渺小。雖然這首詩在時間和空間上，縱橫跨距甚巨，所指涉的情節也都很沉重，但方莘表示寫作時「沒有覺得很大壓力」，寫出來時其實很順利，因為自己連去健身房做運動的時候，腦子裡都在想這些，待回家後就趕快寫下來。對停筆近四十年的詩人方莘來說，〈馬頭星雲〉這首詩寫出來以後，他對自己的信心也增加了很多。

另外，詩人在六〇年代後期受到法國詩人考克多（Jean Cocteau）奧菲三部曲（The Orphic Trilogy）電影的啟發，寫出〈色雷斯輓歌〉之後，繼而寫出一篇主題相同的廣播劇〈迷宮山的一夜〉，劇中將希臘樂神奧菲吾斯（Orpheus）和妻子尤芮狄絲（Eurydice）之間的戀愛遭遇，用超越時空的手筆重述一遍。這劇本曾在尉天驄主編《文學季刊》一九七〇年春季號上發表。詩人在二〇二三年間又將之英譯增補，完成〈A Night on Labyrinth Mountain〉，現尚未發表。

在〈馬頭星雲〉之前，方莘早已寫過一些英文詩，但一直感覺分量不夠。他寫詩多年來最受影響、最著迷的多是天空和天文的意象，這也讓他的詩在構思與題材上顯得與眾不同。關於〈馬頭星雲〉詩中所說的馬頭星雲，Horsehead Nebula，不是像銀河星系（Milky Way Galaxy）或仙女座星系（Andromeda Galaxy）的大型天體系統，而是大團大團在太空裡浮游的煙塵，因為自身重力的牽引，經過很長時間的過程，慢慢地聚合起來。聚合到最後階段，雲氣中心的密度和壓力夠大時，就產生了核子反應，從而爆發成一顆顆新星。所以〈馬頭星雲〉最後結尾處，方莘是這麼寫的：

一千三百光年之外
懸垂在三顆巨星之下
從一堆宇宙煙塵中
冒出一個暗黑的形象
在巨星炫光輻射之下　待產的
新星　在牠們的繭巢中躍躍欲出

2024年11月與「藍星」詩人方莘和詩集《膜拜》合影。

難怪他會著迷於斯——當這位年老的詩人仰望星空，想像宇宙煙塵中那些「待產的新星，躍躍欲出」，宇宙萬有中生命的力量與啟示，豈不盡在其中？

定位與體例

——爾雅、隱地和《新世紀詩選》五書

一九七五年由作家隱地成立的爾雅出版社，曾與純文學、大地、洪範、九歌四家出版社，並稱為文學出版「五小」。隨時光歲月推移，爾雅出版已四十有八；而昔日「五小」中純文學結業，大地轉型，僅存洪範、九歌和爾雅三家「年近半百」的老伙伴，持守中道，攜手並行。其中爾雅僅憑隱地自云「文壇的三大男高音」——王鼎鈞、白先勇、余秋雨三人的作品，便已是文學出版長銷保證。王鼎鈞傳記《文學江湖》、白先勇小說《臺北人》、余秋雨散文《文化苦旅》，曾是多少家庭與讀者的必備書單？或許就是因為有過這樣亮眼的成績，導致爾雅在「文學選集」出版上的貢獻，相形下很容易被輕易忽略。

隱地曾先後發起、編輯與出版「年度小說選」、「年度詩選」、「年度文學批評

選」等系列叢書，其中以「年度小説選」啟動最早，與「年度詩選」關涉最久。隱地一直是臺灣「年度小説選」最重要的推手，早在一九六九年仙人掌出版社便曾印行由他主編《十一個短篇》，以「五十七年短篇小説選」為副書名。此書是年度小説選之濫觴，而小説選的出版單位則由仙人掌、大江、書評書目，最終還是轉到隱地自己創辦的爾雅。可惜爾雅在《八十七年小説選》出版後忍痛告停，續由九歌接手編選與出版工作。

至於海峽兩岸最早誕生的「年度詩選」，應為李魁賢主編《一九八二年台灣詩選》，一九八三年二月由前衛出版；爾雅版《七十一年詩選》跟北京的人民文學版《一九八一年詩選》，同樣都是一九八三年三月印行，皆比前衛版晚了一個月。雖非最早誕生，但爾雅版仍以編選之嚴謹與體例之齊備為世所重，隱地為此組織成立「年度詩選編輯委員會」，聘請六位詩人和詩評家共同參與編務，每人負責一年，分別為張默、蕭蕭、向明、李瑞騰、張漢良及向陽。從民國七十一年開始，到八十年結束，年度詩選在爾雅出滿十集；八十一年到八十八年間則以各詩社名義出版，委託爾雅負責發行。民國八十九年，老一輩的編委余光中、洛夫等人，決議交棒給彼時中生代詩人蕭蕭、白靈、向陽、陳義芝、焦桐。接棒的他們另組編委會，二〇〇〇年起替廿一世紀「年度詩選」再闢新章，唯仍由爾雅發行。直至二〇〇三年後才由二魚文化接下出版發行聖火，並將「年度詩選」更名為「臺灣詩選」。

談這些，並非旨在憶往，而是要替爾雅版這五部《新世紀詩選》尋找定位。隱地本人對「文學選集」的執著與偏愛，讓在近年文學出版市場更趨保守，由一年出版廿部書主動縮減為十部書的爾雅，在市況不佳的此刻積極出擊，還罕見地替五部詩選集舉辦發表會。當天聞訊而至爾雅書房的聽眾近百人，應該也是詩集類新書會難得的盛況。詩事出，必有因，這次五部《新世紀詩選》也有前因可循——那是同樣由爾雅出版與蕭蕭企劃，二〇〇〇年一次推出十二部的《世紀詩選》。

蕭蕭二〇〇〇年在〈「世紀詩選」編輯弁言〉中即表明，二十世紀台灣詩人所出版的詩集分散在各家出版社，搜羅匪易，難窺全貌。因此他策劃的這套詩選，就是要呈現二十世紀台灣現代詩人的個別面貌，體例上則包含詩人小傳、詩觀、詩人書目、重要評論索引，允為詩人所有詩集的精選作，足以見證二十世紀台灣現代詩的成績。這十二部《世紀詩選》若以入選作者為別，可切分為二：一是從周夢蝶到席慕蓉八家，皆屬生於中國大陸的戰前世代；一為蕭蕭、白靈、陳義芝、焦桐四家，皆為在台灣出生的戰後世代——而這四位再加上向陽，正是二〇〇〇年起接棒「年度詩選」編委會的詩人。事隔廿三年爾雅續推《新世紀詩選》，作者名單又有變化：除了原有的蕭蕭、白靈、陳義芝，編委會成員中向陽歸隊，焦桐選擇棄詩神、就食神，幸又邀得曾長期主編「吹鼓吹詩論壇」的蘇紹連。這五部詩選集彷彿以作品在證明，這群年過或接近七十歲的臺灣壯世代詩人，依然握有現代詩黃金年代的偉傲輝光。

比較爾雅前、後兩次「世紀詩選」，變與不變處，大抵有四：詩人自選、體例嚴謹、性別比例、經典形塑。先說詩人自選。兩次「世紀詩選」雖然都是由主編向詩人邀約，但所錄內容皆尊重詩人意願，所以才會出現向陽《弦上歌詩》選輯歷來由作曲家譜曲的六十首、陳義芝《蜂巢》選詩止於二〇一五年以避開最新出版之詩集等例。換個角度想，對詩人自選的充分尊重，也讓《新世紀詩選》比上世紀更具備彈性，亦更顯個性，連標明未結集或待出版，都會讓讀者更加期待。第二點體例嚴謹，應是爾雅版兩次「世紀詩選」的共同特色與編選堅持。《新世紀詩選》雖取消了近乎總序、主編序的〈編輯弁言〉，但新增的〈新詩評語摘錄〉比過往〈評論索引〉對讀者更為友善妥適，從評析選擇上便看出下足了功夫。值得注意的是，每部《新世紀詩選》在卷首即嘗試與手稿、篆刻、朗讀、攝影、書法等藝術結合，儼然在呼應現代詩可超出純文字表現形式，勇於向其他藝術類型跨界結盟之趨勢。

性別比例的失衡，當然至為顯著：《世紀詩選》十二人，僅有一位女性席慕蓉；《新世紀詩選》五人，女性完全缺席。從爾雅版到二魚版「年度詩選」編委會，皆為男性詩人組成這點來看，上述結果並不讓人意外。其實如果沒有特別提醒，有誰會發現一直到今年出版的《二〇二二臺灣詩選》，才迎來第一位女性主編林婉瑜？近四十年前的前衛版《一九八五臺灣詩選》就邀請沈花末擔任主編，兩相比較，引人覃思。女性詩人的主選抑或被選，於今竟然還成為問題——到底是哪裡出了問題？

至於最後的經典形塑，既然兩度以「世紀詩選」為名，就算主編本無意，相信讀者仍有心。世紀二字的重量，加上成套編選的行為，出版後勢必成為時代的印記。就算召來「自我經典化」的批評之聲，我仍以為是值得肯定的「詩人編輯家」壯舉，對當代讀者及研究者更是多所裨益。而且《世紀詩選》還能呈現出至少兩個不同世代，《新世紀詩選》則集中在同為戰後出生的第一代，彰顯他們進入廿一世紀後二十多年，依然以詩創作挺立在最前線的雄辯身影。從青絲到白髮，這五位壯世代詩人於「年度詩選」一事已公開交棒，每年由一位六年級詩人主編；但對創作這檔事，五部《新世紀詩選》就像在跟讀者說：寫詩很苦，也很幸福，幸好我（們）還在路上。

身居歷史縫隙，想像文學可能

——我如何編《穿越時光見到你：36場歷史縫隙的世代對話》

文學的世代之爭，在台灣從來就不是一個冷門議題。其中固然有新世代作家欲爭取話語權的雄心，也可見每個世代面對「前行代強者」時必然閃現的焦慮。在進化論思維主導下的文學史書寫，尤其喜好「唯新是尚」、「由單一到多元」這類不太經得起檢證的標籤，並替讀者尋找（抑或發明）一個又一個宣洩的出口。但在各個世代之間，必然都得「爭」個不停嗎？我們對文學史的想像，能不能不要只停留在單一、單薄且單線的進化論上？立足當下的最新世代，可否嘗試重組前賢的記憶及脈絡，融合甚至拼貼出各個過往世代作家們的逝水年華、未盡之志？用想像對話替代隔空筆戰，會不會是網路時代另一種可能的解答？

類似的起心動念，便曾經展現在由台北市政府文化局主辦、文訊雜誌社企畫執行的「二〇一七台北文學季」。這項活動以「你我的文學世代」為講座主題，由中生代小說家駱以軍擔任策展人，邀請到不同世代的寫作者同台對話。誠如駱以軍在活動手冊中所言：「文學恰正是擁有記憶之河，篳路藍縷踩過足跡的前輩，和帶著新感覺、新思維，正在當下文學空間突圍，開創下一輪文學景觀的年輕創作者，他們跨世代生命浪潮之拍擊，形成的波光瀲影。這既是新舊世代間的對話，記憶互補，誤解與牢騷，理性的辯論與感性的說情，也是不同文學時光，不同文學史章節，色彩斑斕的百衲被。」我則以為：各世代作家跟每個人的生命一樣，本不該有朱天心小說《古都》開頭那一句「難道，你的記憶都不算數」般的感嘆。每個人的記憶都該算數——無論左右統獨、高低尊卑，一個都不能少。

為了探索與展現更宏大的新舊世代對話企圖，二〇一八年八月起《文訊雜誌》主動策劃了名為「穿越時光見到你」的專題（自三九四到三九八，連續五期）。這個專題一次邀請了二十位出生於一九八〇、九〇年代的台灣青年作家，不設前提、不受拘束、不限文類，嘗試以文學創作與三十六位前行代作家「對話」。本書即完整收錄了這三十六篇身居歷史縫隙，想像文學可能的創作成果，並且特意整理出青年作者與前輩傳主的各自出生年：

編序	作者	篇名	作者出生年	傳主出生年
1	利文祺	禮物邏輯看日治時期的社會結構——以陳虛谷的小說為例	1986	1896
2	朱宥勳	圖書館的某一年後——在「道藩樓」醒轉的夢	1988	1897
3	徐禎苓	行路難——王白淵的盛岡與上海	1987	1902
4	徐珮芬	謝春木：斜槓青年和他的那塊紅布	1986	1902
5	熊一蘋	江山樓的那個郭秋生	1991	1904
6	謝宜安	拾荒者言——夢鷗先生的小說課	1992	1907
7	楊　婕	沉櫻：戀愛時應該想到死	1990	1907
8	陳柏言	蓬萊片景——吳漫沙與《風月報》	1991	1912
9	楚　然	廖漢臣：獲得廣茫的園地	1990	1912
10	馬翊航	留（不）住一切親愛的——孫陵的故事	1982	1914
11	謝宜安	來自島上的淘金者——魏子雲《金瓶梅》研究其後	1992	1918
12	神　神	公路草叢旁的光亮水聲——論子于	1990	1920

13	鍾秩維	志願與志願之間——重讀周金波	1987	1920
14	馬翊航	顯現幽靈——紀剛與他的《滾滾遼河》	1982	1920
15	楊双子	楊千鶴與花開時節與我	1984	1921
16	陳令洋	詩歌隊長羊令野的蝶之美學	1991	1923
17	陳令洋	碑牆上貼了一封信——葉泥的書法、翻譯與現代主義	1991	1924
18	莊子軒	方思：蔭影中的獨行者	1988	1925
19	徐珮芬	祕密森林的指路人——夏菁和他走出的小徑	1986	1925
20	蕭鈞毅	張彥勳：衰老的少年之眼	1988	1925
21	楊富閔	潘壘的方法——從小說《安平港》到電影《情人石》	1987	1926
22	李奕樵	田原：與栩栩如生的回憶們玩耍	1987	1927
23	林立青	張拓蕪：最後的老兵	1985	1928
24	翁智琦	童真：在荒野種花的女人	1985	1928
25	徐禎苓	難忘，一九五二——張漱菡的那些年	1987	1929
26	李奕樵	大荒：一片巨大的荒野	1987	1930

27	廖宏霖	一場並不孤單的獨腳戲——存在的書寫，不存在的貢敏訪談	1982	1930
28	蔡旻軒	那不純然是吳望堯式的放縱	1989	1932
29	莊子軒	張放：一生赤誠不輟的筆耕	1988	1932
30	陳柏言	「狠」的哲學——顏元叔與他的文學評論工程	1991	1933
31	利文祺	水晶：舊時代的人物們	1986	1935
32	朱宥勳	帕米爾的某一午後——尉天驄與《筆匯》的追尋	1988	1935
33	蔡旻軒	幸而唐文標永遠學不會冷漠	1989	1936
34	林立青	以身為度的生命之歌——杏林子的另一種讀法	1985	1942
35	蕭鈞毅	蔡源煌：因愛而寂寞	1988	1948
36	廖宏霖	小說再實驗——續寫黃凡的〈小說實驗〉	1982	1950

雖說名為雙方「對話」，實則青年作家跟資深前輩間根本未曾見過一面。這些比文章作者大上好幾個世代的「傳主」，若非隱居，就是失聯，而更多的是早早升上了天堂。所以這三十六場「世代對話」，需要的是作者的大量閱讀、大膽想像，或佐以

對前輩作家家屬及作品研究者的採訪，方能真正達到「穿越時光見到你」之目標。這裡就更看得出來，文訊及其附設「文藝資料研究及服務中心」（按：以下簡稱資料中心）的價值——擁有數量龐大的書籍雜誌、珍稀的作家書信手稿，以及文學人際網絡和資訊服務專業。這二十位受邀的優秀青年作者，遂能藉資料中心之助，揣想前賢，故事書寫，從無到有，完成一篇又一篇「對話」的成果。

五年前我有幸受託，參與「穿越時光見到你」專題設計及作者邀約的部分工作，也因此能比一般讀者早一步讀到，這些每篇約莫四至五千字的正文，佐以略抒關於傳主二三事的三百字側記。我從中深切體認到，二十位青年作家對此次邀稿，於資料端的挖掘之勤、探索之奇，絕不少於他們在書寫技藝上的用心鑽研。今日看來，那次專題企劃恰好展現了四十年來《文訊雜誌》和資料中心，在文獻蒐羅上的獨門優勢，與對「扶老攜幼」的長久堅持——這在台灣、乃至全球的中文文學雜誌裡，恐怕找不到第二家。而對一般讀者來說，更重要的或許是：這三十六篇都是精彩、動人的好看故事。新舊世代之間的對話，在此彷彿以文字為針、用想像作線，嘗試讓斑斕記憶在交織互補中得以顯影。

卷二 有話好說

予豈好辯哉？

出版轉型與牠們的產地

台灣的出版產業說要「轉型」，都已經從過往那種「迫近的危機」，不知何時開始成為「古老的傳說」了。急切嗎？當然急切。焦慮嗎？必得焦慮。如果把出版從業人員對於轉型的自我拷問，視作一種久治難癒的病症，那可不像一般小感冒，而是堪比嚴重特殊傳染性肺炎的大疫啊。何況它爆發時間點比COVID-19還早、還久，到現在業內或業外諸君，也沒找到了永久有效的疫苗。目前解方看起來只是想革紙本書的命，但電子書銷售或其他收入無法迅速補上，出版產業的未來彷彿就是吊在那裡──迷茫大霧裡，前無村，後無店，上不達天堂，下不及地獄。最可憐的是局中人：進了產業的，過河卒子得低頭猛作；準備踏入的，鬼故事聽多必惶惶不安。

凡提到出版轉型，便會跳出熟悉的關鍵字：數位化、電子書、有聲書、線上課程、非書收入、新媒體平台……。還有那句老話：「在網路時代，低頭族越來越多，年輕人越來越不讀書。」反正怪讀者就對了，畢竟那最容易；問題是人家看網路資訊時，可認真了！既然線下不敵線上，紙本難抗網路，幾家文學雜誌怎麼不快收攤打包，統統轉型為網路新媒體？同樣準備迎向創刊七十週年，《幼獅文藝》於二〇二三年十二月號止步停刊，而次年二月《皇冠》卻以厚厚一期紙本雜誌自放煙火；二〇二四年的聯經、二五年的爾雅，都要迎向創社五十週年，它們又將往何處去？相信出版人比誰都更著急於「轉型」，但我以為出版轉型的產地，不應該是「恐懼落後」，理當是「深感不足」。在整個出版環節中，編輯尤其扮演著協調者的角色，從企畫發想到出版發行，皆用得上編輯的執行、調和與控管能力。這有太多專業細節與獨門心法，唯有對龐雜工作項目夠熟悉者方能參透。若在線下都做不好，到了線上真能變強？我只想跟文學編輯說：「不要恐懼，先問自己，工作都做好、做足了嗎？」

附：〈出版編輯專業人才亟待培育〉

在台灣的紙本出版營業額跳水直墜之刻，一度被視為「新星兼救星」的數位出版，囿於作者、出版商、通路平台、電信業者各有考量，迄今仍無法順利接棒。僅就出版品一項而論，紙本與數位兩者間並沒有什麼好爭奪的——因為閱讀的需求仍在，兩者的銷售數字卻一樣難堪。怪市場不大、怪行銷不力、怪廣告不足、怪陳列不顯、怪競品不少、怪讀者不買……，可怪罪者當然甚多，卻往往忽視了出版品本身才是箇中關鍵。出版品作為一種文化商品，巨幅廣告、搶眼陳列或動人文案或許可以激起一時消費衝動；但長遠且真正的賣點，還是在於其內容的魅力。出版品內容雖貌似全由作者提供，倘若沒有編輯之整理安排與規劃呈現，則「出版問世」一事根本不會發生——就算作者在網路上自行貼文，其利用之發布平台也得經由編輯設計。

編輯應該被視為一家出版社的核心，或說是出版產業中最值得投資的職務。編輯掌握著公司產品的命脈，位置如同科技業的研發設計工程師（Research and Development engineer），能夠打造出可以獲利的產品。在整個出版環節中，編輯更扮演著協調者（coordinator）的角色，從企畫發想到出版發行，皆用得上編輯的執行、調和與控管能力。這其中有太多專業細節與獨門心法，唯有對龐雜工作項目夠熟悉的「老編」才能參透。還在崗位上的「老編」畢竟人數有限，剛開啟職涯、懷抱著夢想的新人又成群而來，導致台灣出版界迄今還是以「做中學」及「師徒制」為主流，出版編輯人才的專業培育遂成為最迫切的危機。

中國大陸自二十世紀八〇年代起以「編輯出版學」為名，在高校內推行專業職能培育，建立了從本科到博士研究生的完整體系。近年來更順應市場需求的轉變，大量增設新媒體課程。就連高校的育才目標，也從培養傳統書刊編輯，改為培養能夠適應「紙媒」與「數字」出版的複合式人才。至於高階的研究型機構，則可以北京大學為例：該校一九八五年在中文系設立了編輯出版專業，一九九五年改轉入資訊管理系，二〇〇一年再轉入新聞與傳播學院（隸屬於傳播系）並成立北京大學現代出版研究所，在出版文化研究、培養現代出版人才及出版經營者上頗有成績。學術研究結合實習應用，佐以新媒體及電子書刊的編輯技術磨練，對岸的高校體制提供了充足管道及合宜環境，可供有志之士自行報考與進修。「編輯」本來就是一種專業，當然必須從專業的角度來進行教育。

反觀台灣，似非如此。跟培育「編輯」這項專業有關的，實不脫文化部（官方）、公協會（人民團體）、大專院校（教育界）三者。文化部設有人文及出版司，為保持台灣在華文出版市場的優勢，本來就有協助業者進行產業升級與人才培育之責。人文及出版司多採補助或委託模式，交由民間公司辦理相關講座或研習。以政府機構主管部門的力量及經費，近年間舉辦的編輯人才培育活動竟屈指可數，且多偏向時興的數位出版及圖像漫畫，忽視了一向走「做中學」路線的紙本編輯教育需求。至於出版發行業界的各大公協會，或忙著跟對岸做生意、搞關係，或勤於在本地標案子、辦書展，對編輯人才有斷層之虞及傳統「師徒制」之弊，顯然並非其工作重點。比較關心此問題的，當屬台北市雜誌商業同業公會及所開設之「編輯人才培訓班」。透過實務講解、小組討論、成果分享，參與學員可以了解雜誌刊物的策劃、編輯、圖文等內容產出流程，提升編輯的實務核心技能。這類課程立意良善，對欲嘗試跨入編輯工作者是一大福音；但三十六個小時要收一萬八千元學費，倘若換算成「每學分費用」便知實在稱不上便宜。

文化部與公協會既不可恃，本具有教育專業的大專院校，此時就更應該主動扛起責任。台灣的出版編輯相關系所，過去慣稱「北世新、南南華」，兩邊分別設有圖文傳播暨數位出版學系及出版學研究所。南華大學位居嘉義，自一九九七年開設出版學研究所，二〇〇三年改名為出版事業管理研究所。二〇一二年該所併入文化創意事業管理學系為碩士班，自此幾近名存實亡。與產業界所需人才相較，出版編輯系所招生的困境頗令人疑惑：坊間這麼多新手編輯，到底是哪些科系畢業的？結果並非是大眾傳播（他們多選擇進入新聞界或電視台），而是中文、臺文、華語或外語等系所。這些文學或語言系所，過往在校內必、選修中甚少提供出版編輯課程。所以這些學生畢業後，或許文字底子不錯，但稱不上受過編輯訓練，對延伸出的企畫、行銷、版權、印務、數位開發等更無概念。近來適逢「少子化」的高校招生海嘯，文學或語言系所為彰顯特色、招攬學生及畢業出路，才開始把「編輯」這項專業職能的培訓列為亮點。

遺憾的是，他們往往不是從延攬專任師資或改革既有課程下手，而是從業界邀請「老編」開一門課，甚至只在校內辦幾次演講了事！這充其量只是把出版編輯「當經驗來傳」，忽視其理應「當專業來教」。出版產業界不乏能人，在實習應用這部分對學生必大有助益；但學術研究本為學院中人職責，出版編輯學的授課教師，當然也應該要多方閱讀及反思相關成果。早年中國大陸為培養傳統的書刊編輯，便掛靠於各大學中文系專業以利招生。今日台灣的中文系抑或臺文系，實可考慮應從「專業」的角度，進行出版編輯學的教育——改革固然多艱，育才更是吃力，但我們總要面對、總要開始。

諾獎以上的風景

諾貝爾文學獎對中文寫作者來說，迄今仍不是一個輕鬆的話題。雖然已經有兩位中文作家獲獎，「諾獎賠率」、「諾獎猜謎」、「諾獎陪跑」每年依然引起民間熱議，今年又跑出網路媒體為了搶奪眾人眼球，竟比瑞典更早一天開獎的小鬧劇。中國大陸的官方媒體在這方面，恐怕比民間更為狂熱積極：記得二〇一二年莫言獲獎時，《人民網》發文恭賀並強調「中國需要一個諾貝爾文學獎」，獲獎是慰藉、是證明、也是一種肯定，更是一種新起點的開始；然而二〇〇〇年被視為異議份子的高行健獲獎後，《人民日報》卻強力批判此舉「嚴重傷害了中國人民的感情」，新華社則指該獎已不是從文學角度評選，而是有其政治標準、被用於政治目的，甚至宣告諾獎已失去了權威性。事過境遷，應該慶幸兩位獲獎者都尚未陷入「之後再也寫不出來」的諾獎魔咒。可見媒體報導的一時褒貶，對自我要求甚高的創作者終究只是一場戲——看看就好，認真不得。

據聞每年都有被推薦「報名」諾獎的中文作家（瑞典學院的評選制度保密五十年，故也只能「據聞」），每逢十月放榜前夕，他們的心情應該多少都有些波動吧？台灣當然也有二三作家，被視為有入圍甚至榮獲諾獎的資格。反正只是資格，入圍名單亦從不公布，戴高帽、送花籃，從來就是文學好事者最擅長的無本生意。若要問我個人印象最深者，當屬一九九三年飛抵台北出席聯合報系主辦「四十年來中國文學會議」的高行健。彼時我還是個高中生，他成為本人第一位見到的「流亡作家」。流亡這個詞，彷彿帶有三分幻想、兩分詩意。現在想來，另外五分應是困頓疲倦吧？在會中呼籲創作者應〈沒有主義〉後，出版社倉庫裡堆積如山的一座座《靈山》與台灣讀者漠然的反應，對這位流亡作家成了殘酷的嘲弄。還好他身心皆足夠強大，繼續堅持了七年，方能於二十一世紀初一舉榮獲諾貝爾文學獎。

二〇一六年在延遲一周公布結果的情況下，由詩人歌手Bob Dylan獲獎消息一出，不知道中文寫作者是否會集體崩潰？觀察媒體的反應可知，這位知名歌手竟被視為「不夠文學」，顯然是太習慣把文學窄化、把詩／歌分離下產生的後遺症。至於常被點名的諾獎「陪跑者們」，只要身體健康、筆力不墜，誰敢説明年沒有希望？享有最高國際知名度的中文作家北島，曾經如此寫道：「是筆在絕望中開花／是花反抗著必然的旅程／是愛的光線醒來／照亮零度以上的風景」。唯健筆方能在絕望中開花，無視賠率遊戲、堅持書寫之途，相信終能見證「諾貝爾獎以上」的風景。

對抗文學獎詩體之必要

我在二〇二二年出版的《台灣新詩史》中寫道：「李進文是最後的『副刊文學獎世代』，從廿世紀末到廿一世紀初，他得遍了四大報的新詩大獎，其中包括時報文學獎、聯合報文學獎、中央日報文學獎與自由時報林榮三文學獎（每項還常不只一次）。」廿世紀末迄今逾二十年，變化不可謂之不大：時報文學獎一度停辦，聯合報文學獎朝「大獎」轉型，中央日報直接收攤……所謂「最後的副刊文學獎世代」，莫非就在暗示「最後的副刊文學獎」？幸好二〇〇五年才創設、四報中最晚啟程的林榮三文學獎，除了後來把獎金提升到最高、眾家自知難敵之外，大抵上就是「以不變應萬變」──譬如堅持有中華民國國籍方可參賽，或者一貫維持短篇小說、散文、新詩與小品文這四類。

作為副刊文學獎世代的末代武士（壯而不悲的那種），李進文恰是第一屆林榮三新詩獎首獎得主。〈潛入獄中記〉援賴和《獄中日記》為對話底本，以洗鍊詩筆融合散文句法和小說敘事，在今與昔、真與幻、死亡與再生間自在出入，相互詮解。

二〇〇五年首獎揭曉後，自然引起不少討論；於我個人印象最深的，卻是驚人的來稿數量。彼時我有幸擔任第一屆初審，記得新詩組就有一千兩百件投稿，主辦單位遂找了六人負責初審，採兩人一組、共分三組的方式進行。在評審紀錄上，初審、複審通常只會列名，只有決審意見才會逐篇逐句記載。但我總覺得初審才是關鍵，試想：倘若四百首作品中只能挑十四、五首，要怎樣才不會失手錯殺？面對多篇主題相近之作，要將寶貴名額分給其他主題，抑或只因寫得夠好就悉數留下？既然兩人一組就得討論取捨，自己該採取何種戰術？同組隊友又怎麼跟「敵隊」博弈？為了讓心儀作品能過三關（初、複、決）斬五將（征服其他評審），投稿者資訊全數遮蔽下的「盲愛」，儼然成了評審願為其付出所有的真愛。

我以為值得評審一爭者，尚有對「文學獎詩體」的抵抗。徵文辦法限制在五十行以內，就會出現不少刻意寫到四十九或五十行的詩，看似求寫好寫滿，原來是拆行折句。又或者以艱難文飾淺陋，想讓評審知難而進，先選入，求安心。再或者刻意學習歷屆得獎作品，司其題，模其形，揣其意，卻終究不能得其神。閱讀這類型作品，每每令人生厭，著實愛不起來。

給我一個讀華文報的理由

自一八八八年第一份中文報紙《華報》創刊迄今，菲律賓華文報的歷史已逾百年。《華報》及其後問世之《岷報》、《益友新聞》、《岷益報》與《警鐸新聞》，這些報紙一直到一九一二年方全部停刊。因年代久遠、資料散佚，目前所能看到的最早華文報只剩一九二二年出版之《華僑商報》與一九二五年之《新閩日報》兩份。欲知華文報之往昔光輝和榮辱，可以參考二〇〇六年由北京世界知識出版社印行的《菲律賓華文報史稿》。雖然本書出版後曾被批評「缺少第一手資料」並譏為「野史」，但不容否認，它確實是第一部有關菲律賓華文報歷史記載的書稿。對於過往，至少還有這本書作了初步交代；未來呢？那就端賴今日五份華報之表現了。面對市場日趨萎縮、發行量逐年下滑，老字號的《聯合日報》、《世界日報》、《商報》倒是處變不驚，未見有何大動作調整。最令人擔心的《菲華日報》今年歷經一場關門風暴後否及泰來，也算是業界屢仆屢起的楷模了。資歷最淺、菲國首家以簡體中文印刷出版的報紙《菲律賓華報》，在報業最不景氣時創刊，卻逆風而行來到誕生兩週年的日子。

今日報業的不景氣乃是跨國性現象，就算是媒體王國美利堅亦然。僅這一、兩年間停止印刷版、改出網路版的就有《西雅圖郵訊報》（一百四十六年歷史）、《基督教科學箴言報》（一百年歷史），雜誌部分則有《亞洲週刊》（三十年歷史）、《生活》雜誌（七十三年歷史）、《ＰＣ》雜誌與電影雜誌《首映》（二十七年歷史）。《芝加哥論壇報》、《巴爾的摩太陽報》、《明尼阿波利斯明星論壇報》則因財務失衡，已申請了破產保護。老牌刊物《讀者文摘》及成人情色雜誌《閣樓》也瀕臨破產，唯有步向重整之途。其實，美國報業自一九七三年報紙總銷售數量衰退以來，過去幾十年間只有在八〇年代短暫回升過，其餘皆呈現一路下滑之趨勢。與菲律賓一水一隔的台灣，自一九九九年起，許多報紙開始減版、合併乃至停刊，如《自立早報》、《勁晚報》、《大成體育報》、《自立晚報》、《新生報》、《大成娛樂報》、《中央日報》、《星報》、《台灣日報》都被迫關門。發行量曾號稱破百萬份之「兩大報」日子也不好過，二〇〇五年中國時報系的《中時晚報》，放棄了與聯合報系的《聯合晚報》之合併協商，宣佈停刊。〇六年底，有著二十八年歷史、曾被稱為「金雞母」的《民生報》，突然於十月二十九日宣佈兩天後停刊，震驚社會。這隻「金雞母」發行量最高峰時達到五十七萬份，關門前夕跌落到只剩五萬份，落差之巨大，令人黯然神傷，無言以對。

關於台灣報紙產業的興衰變遷，最為人熟知的理由是閱報率下降，導致廣告量走跌。據統計，自一九九七至二〇〇七年間，報業廣告量由四百三十三億元衰退為一百三十四億元。廣告量是維繫報紙生存的重心，這點無論在台灣、美國或菲華報業應該都是相同的。但以筆者的觀察，菲華報業的真正危機不在「廣告量之多寡」，而在「吸引力之有無」。除了商業廣告與紅版賀詞外，菲華五份報紙還該提供更多的「訊息」給讀者。「訊息」本應由記者採訪而得，再透過社內編輯呈現於報端；但自從菲華報業大幅縮減或取消採訪記者編制（卻保留了攝影記者）後，訊息來源只剩下三個途徑：

（一）翻譯英文報標題與內容。

（二）剪貼兩岸三地報紙或通訊社新聞，或乾脆整版影印複製，也不管是否得到對方同意。

（三）由社團自行撰稿發消息，或任由誰都可以提筆寫起「本市訊」，人人都是馬尼拉通訊社。

以目前各華報之經營狀況與薪資結構，固然一時間難覓合適的採訪記者，但筆者以為：記者應該是報社的資產而非負債，沒有專職記者始終都是報社的遺憾。新聞應是「跑」出來的，別人「送」的資訊有真有假，僅憑編輯一己之力實難確切把關。這是訊息就是力量的年代，有遠見的菲華報業高層應該明瞭：培養一位能提供準確訊息的好記者，抵得過報社換幾台新穎的印刷機。

有了準確的「自家」訊息來源，下一步提升吸引力的關鍵是編排美感與版面設計。誠如資深媒體人朱立熙〈從《民生報》停刊談起〉一文所述：「這份報紙……與時代脫節了，完全不知到讀者的需求；更糟糕的是，老闆的行事風格與員工的公務員心態，注定了這份不長進的報紙要被時代所淘汰」、「這份原本最應該重視圖片與視覺的報紙，卻被傳統『文字編輯』的思考所宰制」、「版面的呈現仍是毫無視覺美感，它更像是一份『老人辦給更老的人看』的報紙。」這些文字雖然嚴厲到近乎苛刻，但也值得菲華報紙從業人員借鏡、警惕。雖然一份報紙才十元披索，但讀者依然有要求它「好看」的權利。時值華文報發行量急遽萎縮之刻，常聽到有人抱怨華校教育徹底失敗，新一代華裔學生根本看不懂報紙內文。筆者想問的是：就算他們看得懂，這些報紙對他們就有吸引力嗎？不妨去問問童年在台灣或中國長大，中學後才來菲定居的未滿二十歲新移民：「你們看本地華文報嗎？」筆者就遇過一個中學畢業生不假思索地回答：「請給我一個讀華文報的理由！」

是啊，該給我們的孩子一個讀本地華文報的理由！菲華報業往昔的光輝歷史，不能掩蓋現今的發行量衰退、讀者群凋零危機。報紙，畢竟還是辦給人看的。就算各報今日有足以維持財務運作之廣告收入，若缺乏讓人想先睹為快的吸引力，它的存在價值便十分可疑。筆者以前曾在台灣《聯合報》副刊發表過一段文字：「我喜歡讀報。每天我都會花上幾個小時，一個字接著一個字、虔誠恭敬且心無旁騖地讀完手邊每一份報紙。就算早餐的咖啡變冷、牛奶發酸、飛彈快打過來，先等等，等我看過報紙再慢慢應付。」做為一個喜愛讀報的重度上癮患者，盼望菲律賓的華文報紙能讓筆者產生同樣的熱情，也讓年輕的華裔子弟們重拾起父祖輩當年讀報的樂趣。

雙語政策下，台灣的國語文教育往何處去？

政府近年間積極推動「二〇三〇雙語國家」（Bilingual Nation 2030），教育部鼓勵各學習階段朝向雙語化邁進：中小學強調部分領域雙語教學，英語課採取全英語教學；高中以班級為單位，鼓勵成立雙語實驗班。其目標是二〇三〇年超過九〇％高中以下學校落實英語課採全英語授課，並有超過三〇％之學校進行英語以外學科的雙語教學。對大學則提出「大專校院學生雙語化學習計畫」，獎勵各校提高英語授課比例。政府自二〇二一年起編列四年一百億經費。檢視這一百億的經費細項，占比最大的支出是「擴增英語教學人力資源」，亦即將以三十億元引進外籍教師或外籍英語教學助理，以利學校實踐協同教學（兩位或兩位以上教師在教室裡組成教學團體）。

雖然如此，仍難掩陸續傳出的現場亂象及質疑之聲。以今年度花蓮縣國中教師聯合甄選為例，包括國文等八個類科，筆試僅考教育專業及英語，口試卻規定以英語進行，引起各界強烈批判，直指這麼做既漠視學科專業，也忽略教學現場狀況。此外，政府推動的大學全英語授課（EMI，English as a Medium of Instruction）更屢遭抨擊，因為目前國內一般大學可進行全英語授課的專任教師僅占全體一八・六二％，遑論大學生能否順利吸收以全英語講授的本科系專業課程。

該政策對教育現場的衝擊仍是現在進行式，對未來的深遠影響更不容小覷。沒有人反對提升國民或師生的英語能力，但提升了英語能力就等於提升了競爭力嗎？非也，外文系教授、台大人文社會高等研究院廖咸浩院長已發表聲明：「競爭力是什麼？是豐富的知識、精密的思考能力、活躍的創造力，不是『英文能力』，更不是『說英語的能力』。」

對比一一一學年度大學分發入學缺額中，外語學群缺額數達六二・四七％居各學群之冠，更是顯得十分諷刺。過去引領一時風騷的外語學群（尤其英文系）近年招生屢走下坡，主因之一就是教師職缺僧多粥少，畢業後鮮有能夠順利當上中小學英語教師者。在大學生未來就業問題日趨嚴峻的情況下，政府卻以大筆經費鼓勵學校開出的職缺「以洋為重」，這對於以英語為專業的年輕學子情何以堪。

當行政院大手筆編列百億經費，目標在讓二〇三〇年的台灣成為更有國際競爭力、對英文更友善的雙語國時，恐怕也忘了英語雖然是公認的國際語言「之一」，但它並不是「唯一」。把英語化跟國際化之間輕易畫上等號，違背了教育多元化的原則。台灣的雙語發展藍圖，一部分參考自東南亞國家新加坡。後者一九六五年獨立建國後便長期推行雙語政策，但此舉並未真正讓新加坡成為所謂的「雙語國家」。新加坡人看似都能說兩種甚至兩種以上的語言，但實際在工作上或生活上都明顯趨向以英語為主。在新加坡，語言甚至有了等級——英語是科學進步的語言，母語則僅限於傳統文化領域——整個社會的氛圍都儼然在支持這種扭曲的語言等級觀念。連在家中最頻繁使用的語言，母語也早被英語超越，而且越年輕的世代越是如此。以舉國之力實施雙語政策，結果卻導致獨尊英語，連帶使新世代華裔的母語聽說讀寫能力大幅滑落，還得推出政策來「振興母語」——新加坡的殷鑑不遠，台灣能不警惕嗎？

英語終究是一種工具，當然可以也應該多多學習；只是不該本末倒置，讓「雙語化」落入「雙貧乏」，甚至間接導致排擠了「國家語言發展法」中「國家語言」的學習機會與時間。今日的國語文教育已危機重重，亟待振興；教育部又鼓勵英語領域外課程，以所謂雙語或全英語教學的方式進行，試問在所謂國際語言（英語）及國家語言之間，莘莘學子不會感覺錯亂嗎？他們究竟是在學習科目專業，還是在練習英語能力？配套不足的雙語教學，只會進一步擴大城鄉差距及犧牲部分學生權益，並建構出一種「英語教育比國語文教育更重要」的扭曲價值觀。社會大眾對國語文教育的迷思，出自「人人都懂，天天在用，何必學習？」教師在教學現場看到的，卻是別字繁多，語意混亂，段落不明，顯然從詞句到章法都出了問題。這其實無關乎「一代不如一代」之類偏見，而是整個社會都視國語文為小道，連帶讓國語文教育在時數、要求跟資源上都日趨縮減。國語文是一國之根，根不牢固，如何奢談做好了「雙語」準備？

大EMI時代下，中小學已是受災戶，高等教育更不能免。近來某大學招聘中文系「小學」（即文字學、聲韻學與訓詁學三門必修課程）師資，卻要求必須具備全英文授課能力，凸顯出學校被官方政策綁架的困境——難道要用英語對中文系學生講授甲骨文跟廣韻嗎？連本國語文教育的堡壘中文系都遭逢如此窘境，不難想見雙語政策下各級學校會面對多少難處。

臺灣新詩百年，臺灣詩學三十

在二〇二二年新冠肺炎疫情最嚴峻的五月下旬，籌備甚久的「臺灣新詩百年國際學術研討會」仍於廿七、廿八日，如期假國家圖書館三樓國際會議廳舉行。主辦單位中央大學中文系師生跟籌辦的台灣詩學同仁面對空蕩蕩的會場，會議照開、展覽照辦、跨國視訊及會議直播也照樣並行。管他疫情再猛爆、確診數飆升，依然堅持為百年來的台灣新詩之路作個記錄。會場外大圖輸出的「台灣新詩百年編年初稿」，及數百部現代詩刊、名家手稿、台灣詩學同仁出版品，靜靜躺在國圖三樓牆面上及展櫃裡，等待著極少數勇於與會者的關愛眼神。以彼時無處不在的恐疫氣氛，蒞臨現場的聽眾著實值得尊敬（為了詩竟連命都不要），願加入線上聽講者當然也是（上班日都還藉助網路聽人論學）。不敢說這兩天會議如何圓滿，至少全程有模有樣順利辦完了。

那期間有多少活動都取消或順延，為何台灣詩學季刊社堅持要辦下去？不好冒昧詢問李瑞騰社長及多位前輩的想法，只能說就我個人的體會，應該是想藉助公開會議，提醒世人莫忘「新詩百年」的重量及託付。想想對岸學界與中國詩壇，以一九一七年胡適在《新青年》上發表第一批白話詩作為起點，二〇一六、一七年便舉辦過許多研討會或各式「新詩百年」論壇。二〇二二年吾人才在臺北市中山南路的國家圖書館，召開以「台灣新詩百年」為名之國際學術研討會，雖然不免被視為遲了些，但仍是頗具象徵意味、傑出的一手。畢竟當你自己不說話，詮釋權就會落在別人手上——一九九二年十二月《臺灣詩學季刊》創刊號「大陸的台灣詩學」專題，不也是此類思維下的一次成功出擊？立足本地詩壇，放眼華文世界，台灣詩學諸君既不求對立，更不拒對話，卅年來都以不間斷的行動力向外發聲，證明自身。靜態者如出版詩刊、詩集、詩選、學報，動態者如約詩例會、弄詩論壇、搞詩學研討、辦國際會議，在靜與動之間始終未曾偏離「台灣」與「詩學」兩者，無愧於當初的命名巧思。換個角度來看，台灣詩學季刊社過去不曾刻意標榜「本土」，現在則無須特別標誌「本土」。因為以這三十年間的多樣表現與持續經營，它就是詩壇最強悍有力的本土之聲，代表性毋庸置疑。

我曾經有幸和林于弘教授（詩人方群）合力編著《與歷史競走——臺灣詩學季刊社二十五週年資料彙編》（台北：秀威經典，二〇一七年十二月），遂藉機對過往歷程有過不只一次的檢視。當時我寫過一段文字，引用如下：「詩社是情感或理念結合下形成的團體，刊物則為詩社同仁執編與發聲的園地。一部資料彙編就算再怎麼厚，恐怕都難以呈現臺灣詩學季刊社走過二十五年的全貌，但至少它能夠證明，同仁欲以詩學與歷史競走之志向。」五年過去了，這個團體的資料積累比起過去更為豐厚，同仁出版品跟活動量也穩定增長，未來可列入新版「彙編」者想必甚多。但那應該不再是我能處理的部分了，因為二〇二三年起，本人將銜命擔任《臺灣詩學學刊》主編一職。在臺灣新詩百年與臺灣詩學三十週年後，能以編輯身分接手一份以詩為核心的學術期刊，於我個人既是無比榮耀，更是沉重責任。期盼在五年任期內能不負所託，跟隨歷任主編的穩健足跡，帶著《學刊》順利邁向「台灣詩學」下一個五年。

紙上風雲，數位顯影

——迎接臺灣詩學新世紀

與罕有「結社」行動的小說或散文作者相較，台灣現代詩人顯然相當不同。詩既是常遭狐疑誤解的冷門文類，那麼主動聚會結社，相互擁抱取暖，似乎便成為保存私密／詩密之必要手段。從青春限定的中學、大學詩社，到歷史悠久且世代傳承的幾大指標性詩社，都曾培育過無數文學新苗或詩壇中堅，貢獻不可輕忽。二〇二四年，正逢「創世紀」成立七十年與「笠」成立一甲子，這兩個詩社除了接受各界衷心祝賀，也採徵詩、頒獎、展覽、研討、朗誦等多樣形式自放煙火。與七十的「創世紀」和六十的「笠」比起來，創設於一九九二年的「臺灣詩學」雖僅及前兩者約莫一半年齡，卻也曾在成立三十週年假國家圖書館，與中央大學中文系等單位合力舉辦「臺灣新詩百年國際學術研討會」——會議開幕的二〇二二年五月二十七日，正是本土確診達94,808例，創台灣新冠疫情史上「單日本土」及「單日新增」確診病例新高的同一天。勇敢出席那兩天會議的聽眾，加上李瑞騰、白靈跟我等在場工作的會務人員，人數加總起來都遠不及新詩「一百」這個數字。

飛機不通網路通，在線上會議軟硬體無間搭配下，美國、日本、新加坡等國學者還是可以在嚴峻疫情中，跟大會諸君即時且順暢地隔空論學談詩。只可惜國家圖書館三樓會場外，李瑞騰與白靈費心蒐羅的各歷史階段現代詩刊展，與我花了些力氣製作的「臺灣新詩百年編年初稿」之大圖輸出，展期都只到會議結束的那一刻。好不容易召喚了被塵封的記憶，撿拾起碎片化的資料，一切又將煙消雲散了嗎？這裡可是出版物的典藏聖殿——國家圖書館啊！大疫當前，會終人散，我腦子裡想的都是這檔事。

感慨如果能起作用，就不需要行動了。該怎麼作？能作什麼？如果只是將各家詩刊和百年年表這些展品拍照存檔，因為有流通上的難度，拍攝者大概只會留給自己看。倘若將拍攝影像放上無所不包、無奇不有的網際網路，那些小眾、稀有而相當珍貴的詩刊，應該就可以在虛擬空間永久流傳了？其實不然，據英國廣播公司（ＢＢＣ）報導：華府智庫皮尤研究中心研究顯示，二〇一三年至二〇二三年存在於網路的網頁，多達二十五％已經消失。研究還發現，網頁歷史愈久遠，消失的問題就愈嚴重：二〇一三年存在的網頁中，三十八％現已無法使用；即使是去年發布的網頁，截至同年十月，竟然有八％已消失。這些數字讓人警醒，要保護昔日詩刊或重現詩事風采，把一切都上傳到網路，恐怕不是最佳、遑論最終的解決方式。

既是文化事，何不依靠政府機構與官方資源？還記得一九九六年由文建會補助建置的「詩路：現代詩網路聯盟」，與二〇一四年臺北市文化局建置的「數位臺北文學館」網站資訊平臺，都是因為公部門後續經費困窘，難以為繼。現在一個雖曾一度依靠志工勉力維持，唯二〇〇八年後即未見更新；另一個則徹底從網路世界「下線」，任憑你再怎麼拜谷歌大神也遍尋不著。台灣的詩刊畢竟性屬「在野」，既然來自民間，還是回到民間找路。我想到詩人學者陳鴻森：他除了編纂《笠詩社三十年總目》、《笠詩社年表》，還跟臺灣學生書局合作，一九九九年起出版《笠詩刊》前二十年共一二〇期的景印本。全套共十四冊，規模宏大，氣勢驚人；但距今又過了四分之一個世紀，再採紙本景印精裝，會是迎向新時代、面對新讀者的好解方嗎？要怎麼在數位化精密掃描保存之餘，不會掉入未來在網上遍「尋」不著、「詩」骨無存的可能窘境？

最終，「臺灣詩學」在李瑞騰社長與同仁們支持下，展開了和聯合線上「臺灣文學知識庫」的合作，將過往與當下的刊物全面數位化與資料庫化，以期建構出一個便利、高效與全面的研究平台。其實由尹玲、白靈、向明、李瑞騰、渡也、游喚、蕭蕭、蘇紹連共同創立的「臺灣詩學季刊雜誌社」，一開始便標舉「挖深織廣，詩寫臺灣經驗；剖情析采，論說現代詩學」。將「詩寫」和「論說」並列，即可看出欲將創作與評論並重之企圖。「臺灣詩學」的組成份子，確實也都在詩壇、學界、文化界表現不俗或深具影響，並多具有創作、評論、教學、展演等跨域才具。「臺灣詩學」長期堅持以臺灣為中心來建構現代詩學，一共發行過三份紙本刊物，分別是《臺灣詩學季刊》、《臺灣詩學學刊》與《吹鼓吹詩論壇》，後兩者目前仍持續出刊，分別為半年刊（五、十一月發行）和季刊（三、六、九、十二月發行）。《臺灣詩學季刊》是詩社首份對外刊物，為兼容創作與評論的綜合性詩刊。創刊號推出「大陸的臺灣詩學」專輯後，引起兩岸詩人、學者們提筆激辯，四年間共刊登了三十一篇文章，可謂九〇年代海峽兩岸詩壇最熱鬧的一次「交火」。白靈、蕭蕭兩位前後任主編，讓這份以季刊方式發行了十年、共四十期的二十五開本詩雜誌，無論從創作的角度來看，抑或從評論的方向思考，都堪稱是臺灣在世紀之交的代表性詩刊。

二〇〇三年起，《臺灣詩學季刊》刊名易為《臺灣詩學學刊》，主要刊登學術論文，首任主編為鄭慧如教授。它也是全臺灣第一本通過國科會學術期刊審核的專業詩學刊物。至於二〇〇三年六月由蘇紹連提議、經議決後建立的「臺灣詩學・吹鼓吹詩論壇」網站，二〇〇五年九月正式以紙本方式出版，成為以刊登創作為主的《吹鼓吹詩論壇》。至此，「臺灣詩學」特殊的「一社兩刊」現象正式成形。季刊、學刊、吹鼓吹這三份刊物，加起來逾一百四十期，每期專題皆有可觀處。利用資料庫檢索功能，更可一窺本社同仁與主編們，究竟如何展現「紙媒」與「網媒」並駕、「詩寫」與「論說」雙馳之雄心。紙上風雲，數位顯影，往昔的詩之輝光，能夠透過資料庫來妥善保存與有效利用，實乃所有愛詩人之幸。這固然是走過三十二年歷史的「臺灣詩學」新世紀，應當也可以對臺灣眾多的詩社及其詩刊有所啟發。

七分之一的陪伴：《創世紀》七十年與我的十年

在大學講授「雜誌學」與「文藝編輯學」多年，我深刻知道一九五四年之於台灣文學史有何份量。因為戰後三份重要的文學雜誌，都在一九五四年陸續誕生：二月是《皇冠》、三月是《幼獅文藝》、十月是《創世紀》。三份刊物或民或官，或月刊或季刊，或綜合雜誌或同仁詩刊；但共通點是一路走來不畏風雨，勉力維持，一直到去年（二〇二三）才傳來《幼獅文藝》決定於年底停刊的遺憾消息，最後一期的主題更赫然名為「未來．未來」。老雜誌在這個新時代，真的還有未來嗎？還是所謂的未來，恐怕永遠不會來？幸好二〇二四年二月，《皇冠》推出第八四〇期「七十週年紀念特大號」，用厚重的紙本與紮實的內容，作出一次堪稱雄辯的回應。現在輪到《創世紀》了——七十歲在台灣的文學雜誌中不只是「古稀」，更應該被視作毫無疑問的

「唯二」存在。

十年前我曾有一篇〈從龜壽鶴齡，到再《創世紀》〉（《文訊雜誌》第三四八期，二〇一四年十月），其中寫道：「『創世紀』已經資深到沒有研究者敢忽視，在學院殿堂及文學史籍間必當有其地位。台灣歷來數百種現代詩社／詩刊中，它已樹立起不易企及的『創世紀障礙』。但遭逢紙質媒體式微、詩社／詩刊與網路世代創作者連結薄弱等危機，一甲子後該如何再《創世紀》？恐怕才是編輯團隊及詩社同仁，在歡慶後必須直面的嚴厲挑戰。」十年過去了，這些對編輯團隊顯然已不成問題。從面對青年朋友的全國高中詩獎與每期各式主題徵稿，到域外如中國大陸乃至美華各家的集中選刊，還有替東南亞、香江等地知名作者開闢專欄，這份刊物都以靈活多樣的企畫，與時俱進的專題，主動、積極地回應這個新時代。

就我個人的真切體會，在《創世紀》當作者是件幸福的事。昔日承蒙編輯部邀約，我曾以「學院與詩的內外」為專欄名稱，從二〇一三年三月第一七四期〈死亡你且不要驕傲〉到二〇二二年十二月第二一三期〈台灣新興詩刊的在野特質〉，不間斷地持續發表了四十篇。本人並非創世紀詩社同仁，獲邀撰寫專欄實屬意料之外，且就算文章撰寫內容跟總編輯想法不同，我卻從未收到過什麼修改建議，只有高度的尊重、信賴與雅意。連專欄寫到滿四十期就打住，也都完全出自我覺得「到了該停下的時刻」。這十年對七十歲的《創世紀》來說，應該很短；對不算勤奮多產的作者如我，已經很長。很高興能夠跟這份迄今「唯二」存在七十年的文學刊物，一起走過這段路。身為眾多作者之一，我十分榮幸曾經享受過《創世紀》七分之一的陪伴。

南方武林，情義江湖
——欣聞「掌門」奮起

中國作家余華有部小說〈十八歲出門遠行〉，寫少年離家後如何惦記著旅店並跟世界衝撞；十八歲的我人在台北，固定往來於家中與校園，竟以為自己慘澹的戀愛、未熟的文字、漂浮的空想，能讓這個世界稍微作出改變。唯尚可一提者，或許是跟十八所大學院校、四十位校園詩人辦過一個詩社「植物園」，出過一份詩刊《植物園詩學季刊》。刊物四期，詩選一冊，雖有一定聲勢與青春朝氣，但紙本卻在出版市場表現欠佳，會停止運作實不令人意外。恰逢上個世紀九〇年代中期開始的「數位詩潮」，一九九四年創辦之《植物園詩學季刊》與九六年從網路世界出發的《晨曦詩刊》，分別代表了彼時新興文學社群在紙本／網路上的力量消長。《晨曦詩刊》同樣是由年輕一代詩人所創辦，卻能藉助ＢＢＳ此一傳播媒介，爭取愛詩人張貼最新作品、討論新詩理論、提出詩作評論。原生於網路的《晨曦詩刊》，彷彿打造出追求平等與反對中心的文學烏托邦——儘管它建構在「網際網路」這個「虛擬之城」上。

但我那時打從心裡，就不曾相信過詩社跟詩刊的「力量」，對大多數文學史習慣以詩社來替詩人歸類更是十分反感。詩人楊牧沒參加過什麼詩社；羅智成只短暫參與過後期的「藍星」；白萩則曾為紀弦「現代派」一員，之後加入「藍星」，擔任過「創世紀」編委，最後還跟林亨泰等人共同創辦「笠」詩社。我以為創作最終畢竟是、也只能是一個人的戰鬥，有沒有參與過詩社或有多少詩社經歷，當然不該是判斷其詩高下的標準。詩社的存在就是友誼的見證，情感的結盟，甚至還可能成為「圍爐取暖」的園地。而時代強者或主要詩人（major poet），是不需要圍爐取暖的，因為他們自己就是火，就是光。僅從詩社淵源來解讀詩人詩作，我認為是最簡單、也是最愚蠢的「文學評論」，更不該被拿來作文學史／新詩史的章節設定。如果評論那麼隨意，歸類如此輕鬆，詩評又怎麼能夠成為一門真正的藝術？

這一切到了二〇一七年，之於我似乎都逐漸動搖。從元月的「龍族」開始，我受《文訊雜誌》之託組構、主持了一九七〇、八〇年代的台灣詩社／詩刊座談會，一整年十二場下來，內心頗受衝擊。《文訊》編輯團隊也乘此良機多方蒐集資料，在紀州庵文學森林策畫了十二場以各家詩社／詩刊為主題的特展。加上我自己在執行的科技部研究計畫「一九七〇年代台灣新興詩社調查與詩刊編目」，辨讀資料過程中對彼時新興詩人、詩社、詩刊，既懷抱八分敬意，亦難免生出兩分感慨。我的感慨並非無因：除了還在大學校園努力維持的高師大「風燈」、臺師大「噴泉」、政大「長廊」，獨立於校園外的彼時新興詩社如今多已停止運作，也不乏二十年以上未見、在座談會上才重逢的同仁。而自離開社團後便從詩中脫隊者，當然就更顯遺憾了。

說全數停止運作亦不盡正確，因為其中尚有「掌門」一脈長期在高雄經營，古能豪、鍾順文等同仁仍不時以作品向台北發聲。其實為了避免以台北看天下之陋習，我們在選擇詩社的優先順序上，很早就鎖定要向南方的詩歌武林致意。猶記得二〇〇八年看過掌門詩社三十週年的報導，鍾順文竟頂著光頭，在後腦勺留下「３０」髮記。近十年前「掌門三十」盛大舉辦慶典的資訊仍在，讓我對這群全數未曾謀面的詩人，充滿了好奇。但是一查臉書，「掌門詩社」ＦＢ自二〇一四、一五、一六年皆保持沉默、未見貼文，不知何故？好奇心又轉變為擔心：這群俠客不會已經熄火關灶，弄完三十週年就收工了吧？

直到二〇一七年七月廿七日在文訊舉辦掌門座談會、九月在紀州庵弄了掌門特展，我才真正見識到南方武林諸君的重情尚義，堪稱江湖罕見。提及仙逝的「菊花軒主」小熊（張志雄）時，諸君不忘提醒主辦單位要在會場替他留一把椅子跟題綱，彰顯出他們之間的詩誼及友情，隨著時間只會更加堅固。紀州庵特展開幕後，諸君亦相互邀約九月廿四日北上，並貼出一段文字：「四十年前掌門從高雄吹起了第一聲響亮。而今，掌門再度於台北揚起了笛音，舊水長流，新人奮起。」這些在在讓我看到「掌門」有意奮起之兆，果然不久後便從網路上看到「掌門」決議進入全新階段，以實際行動迎向二〇一八年的「掌門四十」。我常說，詩社與詩刊可以是偶然的組合，也可以是命運的結合。無謂屬於何者，對於今日再度奮起、勇敢邁入不惑的掌門來說：挺立存在，就是一切。

立足台北，超越性別，讀寫人生

——談《我和一枝筆　在路上3》

閱讀能不能傳？創作可不可教？——身為一位以「語文與創作」為所屬系所名稱的大學老師，答案當然是肯定的。但那是指接受過至少四年、超過一百多個學分的專業訓練下，最終能順利通過的畢業生，理當對閱讀與寫作兩者具有相當能力。換言之，這個肯定的答案通常侷限在學院圍牆之內。那麼在學院圍牆之外呢？幸好台灣社會還有「讀書會」跟「寫作班」的存在，讓日常生活裡除了正式學校體制，文學愛好者仍有可以精進自身讀寫能力的練功房。

追溯其最早型態，應屬上個世紀五〇年代的「中華文藝函授學校」。校長李辰冬（一九〇七～一九八三）是法國巴黎大學文學博士，曾擔任燕京大學教授，一九四九年東渡來台。一九五三年八月，李辰冬首度以中華文藝函授學校之名登報招生，次年元月正式開課。他一次開設小說班、國文進修班、詩歌班三個班別，分別聘請謝冰瑩、梁容若、覃子豪擔任班主任。五月，李辰冬又創辦函授學校之代表刊物《中華文藝》，其中便設有函校作業批改示範與學員作品發表，可謂從教學指導、批改評閱、投稿發表，盡可能地照顧到各種層面與不同階段。函授學校雖然跟正式教育制度有別，但在那個時代真正幫助了許多渴望增進文藝知能的青年。軍旅詩人向明就是因為五〇年代報名了函校詩歌班，在覃子豪指導下愈發堅定創作志向。還有好幾位讀過函校的寫作者，都像向明般奉獨身在台的覃子豪為師，並輪流照顧罹癌的他走完人生最後一程，可謂更加彰顯函校此一體制外文藝殿堂的魅力。

比函校發展更進一步者，則是遍地開花的「讀書會」跟「寫作班」。追求自由，掙脫束縛，本為當代文學一大特質。所以發自民間社會、跟校園脫勾的「讀書會」與「寫作班」，完全不用理會任何課綱（全名為國民基本教育課程綱要）束縛，可任憑主事者一己之喜好或偏愛來規劃。雖然如此，但本地具規模、有歷史的「讀書會」，發展至今已成為一道道美麗的人文風景。譬如洪建全基金會於一九八七年成立的「素直友會」，長期推動閱讀風氣與協助會務運作，目前參與其中的讀書會團體約有六十家之多。而「寫作班」大抵又分為團隊或個人兩種模式，前者如「耕莘青年寫作會」

及其開設之各式文學課程或營隊；後者如作家阿盛，在一九九四年辭去媒體工作後創辦的「寫作私淑班」，小班教學、自宅授課，堪稱是第一個由知名作家創設的現代文學講堂兼私塾。

這本《我和一枝筆　在路上3》的作者群，全數出自同一個團體，並且兼具上述之函授學校、讀書會、寫作班三重性質——只差在過往紙本郵寄的函授，今日已轉為同步視訊、雲端授課、電郵或Line通訊。會出現此一堪稱「神奇」的文藝團體，最早出自汪詠黛二〇〇四年受託於台北市婦女新知協會成立的「生活寫作班」，二〇〇九年又有由四、五十人組成之「黛媽咪讀書會」。至二〇一〇年向台北市社會局登記立案，創設「臺北市婦女閱讀寫作協會」；二〇一六年再改名為「臺北市閱讀寫作協會」，痛快地撕下了二分法的性別標籤（儘管在黛媽咪讀書會時期，就曾有「天字第一號男學員」）。該協會稟持「先讀後寫」原則，讓成員先厚植閱讀根基，再鼓勵大家結合努力與天分，嘗試提起筆寫作。百餘位協會成員中，職場退休或銀髮族占比甚高，尚無光鮮「文學履歷」的他們常會被視為「寫作素人」。但若經常關注文學媒體版面或各式文學獎結果，便會發現協會成員屢有斬獲，獲刊、獲獎頻率甚高，豈容無知者小覷！僅就二〇一三年跟一八年，能夠從成員已公開發表作品中，精選為前後兩部《我和一枝筆　在路上》，即可發現他們以筆為鋤，努力耕耘，其用心實不亞於所謂的「寫作達人」。若要說到有何差別，我倒是更為欣賞書中所錄文章，顯現之生活體悟與生命感受——寫作「達」人之文，美則美矣，往往就欠了這點「素」味。

二〇二二年八月承蒙汪詠黛盛情邀請，有緣赴協會「生活寫作班」講了一場。當天在《旅讀ｏｒ》會議室開放線上同步轉播，也讓我首度見證了協會諸君的尊師重道、認真聆聽與周詳考慮，真是一次非常愉快的演講經驗，連會後合照的笑容都特別燦爛。我想他們已經很習慣了，一切都是那麼井然有序，按部就班。就像協會會員們先以聽代讀，再嘗試寫作，繼而鼓勵投稿，最後成果又精編細校為這部《我和一枝筆在路上３》。同樣身為文學愛好者的我，很期待能夠跟大家一起走下去，繼續立足台北，超越性別，讀寫人生。

編後事

在二〇二三年的台灣，還適合用「海外華文文學」這個名稱嗎？我同意擔任《文訊雜誌》五月號專題客座主編時，對被分派的題目立刻產生了疑惑。「海外華文文學」、「世界華文文學」、「華語語系文學」……這些乍看十分接近、實則觀念有別的名稱，背後都有各自的權勢／詮釋脈絡，也被運用於各自的學術乃至創作社群，錯雜混用之機率甚微。廿年前我剛讀博士班，「世界華文文學」成了一門新興課程的名稱，「海外華文文學」一詞開始被棄用；兩、三年前我曾在清華大學華文所碩士班開過一門課，課程名就叫「華文文學專題」，規劃上學期談新、馬，下學期談港、澳，而「華語語系文學」始終是重要討論議題，換成過往的「世界華文文學」一詞遭到棄用。

會有如此變化，一方面說明了學術社群對概念界定與發言位置的持續反思，一方面也看得出晚近在台灣談「海外華文文學」或「世界華文文學」，必定會面臨那種勢不可為、自以為「內」的尷尬。往昔能夠倡言劃分海內／外、中文／華文的那個「台灣文壇」，今日跟所謂的海外華文或世界華文之間已經越走越遠，影響力跟發言權當然也遠不如前。令人感到悲哀的是：相關組織跟主題會議，在台灣沉寂已久，杳無音訊——好聽一點叫沒落，直接地說就是關門——但是，還有人在乎嗎？

所以當台灣有文學雜誌想要組織專題，久違地檢視「海外華文文學」的現況，作為一個在乎的人，我沒有推辭的理由。畢竟自己在他人口中的「海外」生活過兩年，並且持續跟這些從不被我視為「外」的文友交往、互動，甚至偶爾也被找去該地評審或演講過幾回。加上《文訊》及所設「文藝資料研究及服務中心」長期蒐集各國華文文學出版品，論數量在台灣各民間機構間足以居冠，也加強了我主編這期專題的幾分底氣。為了便利一般讀者理解與辨識，最後還是採用海外華文四字，並將專題名稱訂為「不息的文學旗鼓——海外華文社團、學校與副刊」。後三者與「華文寫作」的養成環境或發表空間關係密切，可以說它們都是「在寫作之外」的周邊重要存在。這次專題欲探討的，便不是各國或各地在華文創作上的高下優劣；而是欲藉此良機跟讀者一起思考：到二〇二三年了，這些重要「周邊」發生過什麼變化？「寫作之外」的變化，是否會影響到「寫作（本身及其條件）」？

海外華人向來有「三寶」之說，指的是華人社團、華文學校、華文報刊三者。長期以來，透過各地社團組織、教育單位、大眾媒體間的相互影響，促成了海外華人社群凝聚與文化傳承維繫。本次專題設計則聚焦在文學層面，關注海外華文社團、學校、副刊與文學創作間的關係，介紹它們的發展、現況與面臨困境，兼及探討正體跟簡體中文間的競合，和世代差異、移居先後、數位能力高低等因素帶來的衝擊。

（摘自《文訊》第四五一期「不息的文學旗鼓——海外華文社團、學校與副刊」，二〇二三年五月）

台灣的文學寫作者，對於投遞或獲得「獎補助」事，多數並不陌生。過往《文訊》團隊曾受國藝會委託，執行「亞洲地區華文小說獎補助資源暨國際發展調查研究計畫」，二〇一四年以香港、澳門、新加坡、馬來西亞四個區域與國家為研究對象，以深度訪談法、團體討論法及電子郵件訪談法，訪問與調查十九個單位、一二〇位人物。彼時我有幸隨團參與，遂對這四處的公部門獎補助政策、民間組織資源及國際交流現狀有所掌握，也初步比較過它們和臺灣的獎補助政策之異同。十年過去了，在受邀擔任十二月號客座主編後，我想讓本期《文訊》專題從「亞洲地區」轉回「當下台灣」，並且將「獎補助」切開——只專注談「文學獎」，不涉及「補助事」。

我很早就設定好專題架構，應該要有三個子單元：評審觀點、選手說法、研究發現。尤其是最末一項，我希望能讓正在以文學獎為研究主題的學術界新銳，能夠把他們晚近的發現或疑問，透過這次專題公諸於眾（相較於通常閱讀者甚稀的碩士論文）。我還想辦一場公開座談，讓大報文學獎的主辦者跟已有文名的選手同台鼎談，這位選手最好自己也常被邀請擔任各級文學獎評審，記錄者則理當找青春正盛、對文學獎充滿好奇並樂意投稿的寫作者。在本人心中，這個座談的最佳組合就是孫梓評、盧美杏與陳栢青，還找了甫自北教大語創系畢業，剛進北藝大文學跨域創作所的賴宛好，寫下她人生第一篇座談側記。很高興他們都願意暫時放下手邊事務，在週五夜晚跟眾多聽眾相會，暢談「寫到極致，評到心坎，策畫有道：文學獎的場內場外」座談會中，那些我特意拋出的幾個尖銳提問。當晚的畫面其實頗富隱喻性，誰說文學獎沒人看、沒人關心？原來投獎、評獎、辦獎、頒獎，誰也不比誰容易？文學獎在今日台灣，真的已經沒問題了嗎？

我始終相信：當文學獎成為問題，整個機制才能真正被檢視、被重估與被改變。我想要特別感謝「評審觀點」的撰稿者，蔡素芬、林黛嫚、李進文、盧郁佳、吳鈞堯與他們所提供的懇切建言。其中幾位還曾長期主辦或主導過文學獎競賽，經驗豐富、洞察問題，建議本期讀者細細咀嚼文中深意，必有收穫。「選手說法」則特意邀了近期獲獎的幾位話題人物，小說、散文、現代詩皆有代表，但他們也多半具有不限於單一文類的創作才能。謝謝林楷倫、潘柏霖、栩栩、洪萬達，雖然跟你們多半未曾謀面或有何談話，但我很高興能夠成為這些稿件的首位讀者，遂能比別人更早一步接收到文中的訴求或情緒。網路時代網路見，希望你們文中所論及或未及，那些議題會繼續在網上激盪，論辯，延展。

（摘自《文訊》第四七〇期「文學獎作為問題——創作競技的臺前幕後」，二〇二四年十二月）

由中華民國筆會出版的台灣文學英譯季刊，自一九七二年秋天印行*THE CHINESE PEN*創刊號，期間從不中斷，迄今已邁入第五十一個年頭。相信這半世紀的積累，對於想要了解台灣當代文學成果的英文讀者，必有一定程度的助益。面對新時代的變局與新趨勢的挑戰，本刊除了將紙本雜誌內容同步提供數位線上版本，也積極擴展發行通路，嚴格遵守出版頻率。更重要的變化，當屬自今年起將刊名由《台灣文譯》改為《譯之華》（*Florescence*），並且調整了編務分工及相應活動。在分工部分，由廖咸浩會長領導與組織編譯團隊，其中吳敏嘉、胡宗文兩位主編輪流把關一年四期的翻譯品質，楊宗翰秘書長負責選稿與企劃專題，項人慧助理編輯處理編務執行以及行政、聯繫事宜。在活動部分，擇定於每期雜誌出版後舉辦「筆會季刊《譯之華》論壇」，如此即可跟一年兩場的「筆會大師講座」搭配，本會每一年遂有至少六場公開活動。這些活動皆堅持面向大眾、提供免費報名，乃因筆會期盼能為推廣台灣當代文學，盡上一份心力。

一九二四年創立、一九五九年在台復會的中華民國筆會，允為台灣頗具代表性的文藝團體。雖然現有一百三十多位具備作者、譯者或編者身分的會員，但《譯之華》從來就不是同仁刊物，也不接受外界投稿。因為它既是本會長年定期出版的季刊，更是台灣文學對外「被看見」的窗口，故《譯之華》堅持由編輯群企劃主題，主動選稿，斟酌英譯，精編細校。繼春季號「情欲與告解」、夏季號「回憶與失去」後，這一期秋季號專題訂名為「戰火與淚水」，英譯與推介了八位作家及其作品：小說部分，摘錄了早逝的林燿德（一九六二～一九九六）長篇代表作《1947高砂百合》；散文部分，有楊牧（一九四〇～二〇二〇）〈戰火在天邊燃燒〉與顏崑陽〈出海外記〉兩篇；詩作最多，計有白靈〈昨日之肉〉、方群〈越南（VIETNAM）〉、廖偉棠〈寫完一首反戰詩走出家門〉、洪書勤〈和平擊發〉與崔舜華〈用一隻菸〉。值本期內容編輯與英文翻譯之刻，烏克蘭和俄羅斯之間的戰爭仍未見結束，土地與人民還在繼續蒙受巨大苦難。立足台灣的本刊，望能以此期文學作品及其英譯，弔唁逝者，警示生者。

本會資深會員林文月（一九三三～二〇二三）於美國加州時間二十六日早上九時許過世，享耆壽九十歲。她身兼學者、作家與翻譯家身分，並能以四支筆分別寫論文、散文、譯文與從事繪畫。林文月主要研究六朝文學與中日比較文學，並致力於翻譯日本古典文學名著，創作上則樹立了散文寫作的典範。作品溫雅如玉、文如其人，兼容六朝文學的豐饒細膩，以及東洋文學的含藏婉約。其文風曾被評為「似質而自有膏腴，若樸而自有華采」。她對筆會的支持與貢獻甚多，除了多次在本會財務困窘時仗義「續命」，也在英文季刊籌備創刊第一百期慶祝專號（一九九七年夏季號）時，同意受邀親自設計封面。該期她以桂冠作為主題，如古代希臘人用來授予傑出的詩人，象徵筆會全體作家的成就。由她手繪綠色的月桂枝葉，以各期季刊精彩封面拼接作為背景，並取名為「回首迢遞」，可謂替筆會第一百期季刊大大增彩。正是因為有前人的守護扶持，本刊才能無畏風浪、堅持發行，迄今已是第二〇六期。編輯部特於秋季號推出「林文月紀念小輯」，選譯〈無聲的交談〉與〈遙遠〉兩篇散文，藉以表示思念、緬懷和感謝。

（摘自《譯之華》第二〇六期「戰火與淚水」，二〇二三年九月秋季號）

中華民國筆會出版之*The Taipei Chinese PEN*創刊於一九七二年秋天，迄今已發行逾半世紀，向全世界的英文讀者持續介紹台灣文學之精華（早年單行英文，近年增加中文原作附錄）。這份刊物在晚近最大的改變，當屬自二〇二三年春季號起改版並更名為《譯之華》（*Floresscence*）。改版後的這一年間，刊物陸續推出了春季號「情欲與告解」、夏季號「回憶與失去」、秋季號「戰火與淚水」，以及本期冬季號「道別與啟程」四個專題，佐以各期之當季精選作家作品，堅持替台灣當代文學創造更多被英文世界讀者，進一步接觸乃至深深愛上的可能性。透過每一期轉載或選刊的優秀詩歌、小說、散文等創作，本刊其實也在努力爭取中文世界的讀者，能在如今看似不甚重視文學的時代氛圍裡，經由推薦篇章，重拾閱讀之樂。本期專題「道別與啟程」選錄汪啟疆、龔華、辛金順、向陽、李有成五首詩篇，鍾文音一篇小說，林懷民、林黛嫚、師瓊瑜三篇散文；當季精選則刊載瓦歷斯・諾幹一首詩與隱地一篇散文。從八十六歲仍創作不輟的資深作家隱地，到馬華留台第三代作家辛金順，或饒富代表性的原住民詩人瓦歷斯・諾幹等選錄對象，應當不難看出本刊冀望在有限篇幅內，努力呈現與涵蓋不同世代、國族、性別、文類的創作成果。

自二〇二三年起，每次雜誌出刊後皆會舉辦筆會季刊《譯之華》論壇，邀請入選作者、本會會員或文壇名家登台開講。論壇迄今邀請過的與談人計有：顏艾琳、白靈、宇文正、吳鈞堯、廖偉棠、尹玲，以及冬季號的鍾文音與林黛嫚。此舉展現出本刊想將文學作品從平面印刷帶向立體活動，以創作自剖、經驗分享、朗讀吟誦、提問解答等各種形式，讓更多人願意嘗試親近台灣當代文學。以一個由作者、譯者、編者自發性組成的純民間單位，中華民國筆會自林語堂會長時代創立英文季刊後，在外譯與介紹台灣當代文學上已付出了五十一年的努力。一九九九年季刊齊邦媛主編跟另外四位編者，在反覆琢磨、激盪交流下推出《中英對照讀台灣小說》（*Taiwan Literature in Chinese and English*），由天下文化印行出版後深受歡迎，多次再版。

今年廖咸浩會長也邀集封德屏、胡宗文、吳敏嘉、楊宗翰共組編輯委員會，於12月推出《心繫今古，筆匯東西：中華民國筆會季刊五十周年精選集》，期望能夠用出版專書的形式與行動，向中、英文讀者展現本刊半世紀以來的努力及用心。

（摘自《譯之華》第二〇七期「道別與啟程」，二〇二三年十二月冬季號）

筆會季刊自半世紀前由林語堂會長與殷張蘭熙主編創刊以來，長期選譯台灣現代文學中的優秀作品，向外推廣，精編細校，全球發行。本刊自創立迄今，所選譯的詩文小說已逾二千七百八十九篇，從未中輟或脫期，允為五十年來台灣最重要的文學外譯與文化輸出管道。去年十二月本會出版《心繫今古，筆匯東西：中華民國筆會季刊五十周年精選集》（*Bridging past and present, east and west: celebrating 50 years of translating Chinese literature from Taiwan at the Taipei Chinese PEN*），就是想在季刊初越五十周年的時刻，以編譯一部中英對照選集的方式留下記錄，也向參與過本刊的作者、譯者、編輯們致上最高敬意。這部選集分為「新詩」、「散文」與「小說」三個部份，分別收錄十四首詩（作者為余光中、白萩、洛夫、白靈、商禽、羅門、梅新、向明、陳義芝、陳育虹、鴻鴻、許悔之、楊牧、羅智成）、六篇散文

（作者為林文月、白先勇、齊邦媛、廖玉蕙、龍應台、隱地）與三篇小說（作者為王文興、林懷民、鄭清文）。書末並有三篇附錄：林語堂會長執筆之*The Chinese PEN*創刊詞、PEN Charter（筆會憲章）與最新版本的「中華民國筆會大事紀要」。要從歷來共二千七百八十九篇中選出這二十三篇，對編輯團隊可以說是「最甜蜜的負荷」——因為全書僅三二〇頁，就算已設定好一位作者只能收錄一篇，還是有太多優秀作家作品，囿於篇幅，不克納入。譯者部分也是這本書的重點，尤盼讀者多予關注。倘若沒有這些譯者的反覆推敲及殷切付出，難以想像筆會季刊能夠走到今時此刻，成為台灣文學向域外發聲的重要管道。筆會會員一向都是由作者、編者與譯者所組成，這本書其實也是作者、編者與譯者通力合作下的產物。這些由前賢們留下的珍貴足跡，在在都惕勵吾人不能懈怠，必須前行。

筆會季刊自二〇二三年春天改版易名為《譯之華》（*Florescence*）後，即採逐期專題企劃與舉辦實體論壇，兩相搭配，彼此支援。本期春季號專題為「當文學遇上AI」，並非為了搶搭什麼時尚話題，而是想在生成式人工智慧（Generative AI）大行其道，且AI與人類協作已成常態的今日，試圖呈現台灣文學中的作家回應及相關書寫。從上個世紀九〇年代的平路〈人工智慧紀事〉，到晚近甫發表的須文蔚〈無限閱讀眼鏡〉與林新惠〈零觸碰親密〉，相信都能帶給讀者不同的閱讀樂趣與反思空間。未來該如何在人工智慧和人類創造之間取得平衡，必將是作者、編者與譯者需要積極面對的挑戰，《譯之華》亦將持續追蹤其變化，呈現其新貌。在春季號即將出刊前夕，獲悉齊邦媛教授辭世消息，享耆壽一〇一歲。一九九二至一九九九年間她擔任本刊主編，對本會會務發展與維繫刊物品質皆深具貢獻。《譯之華》將於夏季號推出「齊邦媛紀念小輯」，以示緬懷與感念。

（摘自《譯之華》第二〇八期「當文學遇上AI」，二〇二四年三月春季號）

本期夏季號以「與病共存：文學如何字療」為主題，英譯了六位台灣當代作家的七篇作品：陳育虹〈手術〉、平路〈混沌〉及〈彩虹〉、顏崑陽〈一九八二，我的山海關〉、宋如珊〈星期二的早晨〉、李欣倫〈之後〉、隱匿〈乳房〉。無論面對的是無形之病（心病）抑或有形之病（身病），每位作者的現況都不盡相同——他們之中有些已拋開惡疾、病癒歸返，有些仍在與癌搏鬥、嚴防越界，也有像宋如珊（一九六五～二〇二二）那樣在出版《我們》之前即已辭世，魂歸道山的學者作家。書寫反映時代，而越來越且日益受到讀者重視的疾病書寫，可謂正反映了「病」是當代人相當普遍的身體經驗，也是吾人必須接受、面對及處理的對象。文學能否真正「以字療疾」？其實在過往的台灣古典及現代文學中，以「病」為題、嘗試書「疾」者多矣；《譯之華》囿於當期主題的選文篇幅規範，這次收錄的作品僅僅只能說是極小範圍的晚近文本抽樣。還有太多關於慢性病、傳染病、集體創傷、精神疾病、末期尊嚴或臨終議題，都可見到台灣作家將疾病體驗或者照顧經驗，逐步轉化為創作時的驅動力。這些作品當可引發讀者進一步去思考：在對抗惱人惡疾之外，「病」與醫療體系、人文關懷、歷史背景乃至法律政策間的萬千糾葛。當醫生以其醫學專業，治療病患的身心傷痕；作家亦以其文學專業，「字療」讀者或自身之疫病困惑。

在短短的一年半之間，陸續傳來七位筆會資深會員仙逝消息：華嚴（一九二二～二〇二二）、謝鵬雄（一九三三～二〇二三）、林文月（一九三三～二〇二三）、余玉照（一九四一～二〇二三）、司馬中原（一九三三～二〇二四）、胡耀恆（一九三六～二〇二四）與齊邦媛（一九二四～二〇二四）。本會除了敬表哀悼之意，並擬於今年下半年舉辦一場公開活動，邀請筆會中生代的作家、譯者與編輯，以作品朗誦形式向七位前輩致敬。其中三月二十八日凌晨過世，享嵩壽一〇一歲的齊邦媛老師，一九九二到一九九九年間擔任《中華民國筆會英文季刊》主編，對編務及會務都深具影響，貢獻卓著。她參與「台灣現代華語文學」英譯計畫，將吳濁流、黃春明、李喬、朱天文、平路等多位作家的作品精編細譯，讓台灣當代文學順利進入域外讀者的視野。齊邦媛以四年時間完成的《巨流河》，從長城外的「巨流河」開始，到台灣南端恆春的「啞口海」結束，記述縱貫百年、橫跨兩岸的大時代故事，藉個人身世彰顯歷史，以凡人命運比喻民族，允為她一生最重要的代表作。本刊特於夏季號收錄齊邦媛老師〈十句話〉，與曾任筆會會長、秘書長、季刊主編的高天恩〈永遠的齊老師〉，和筆會秘書、季刊助理編輯項人慧〈點點滴滴的深情時光〉，以三篇文章組成本期之「齊邦媛紀念小輯」。

（摘自《譯之華》第二〇九期「與病共存：文學如何字療」，二〇二四年六月夏季號）

「自然書寫」（Nature Writing）是當代台灣文學中，最富活力與創造性的一種類型。它通常是以自然與人的互動為描寫主軸，重視注視、觀察、記錄、發現之經驗，亦從中呈現了人類對自然的理解，乃至對環境的尊重。一九八三年，韓韓與馬以工共同出版《我們只有一個地球》，可謂開啟了臺灣自然書寫之濫觴。之後持續蓬勃發展，讓自然書寫如同飲食文學、同志文學、旅遊文學等，一樣成為臺灣文學譜系中極其重要的分支。《譯之華》作為一份以中英對照，向海內外讀者介紹台灣文學的刊物，當然不能遺漏這一分支在當代的精彩表現。但我們首先避開了已有眾多作品被英譯出版的作家（如自然書寫創作者暨研究學者吳明益），其次也想轉移方向，將偌大的「自然」調整、聚焦在「山海」兩端。位處四面環海、遍地山林的台灣，作家們究竟是如何看待山與海？「它們」與「我們」的關係為何？眼中如何凝視，筆端怎麼再現？所以本期《譯之華》秋季號以「山林與海洋的心跳」為主題，英譯了九位台灣當代作家的作品。散文部分，收錄阿盛〈海角相思雨〉、王浩威〈海岸山脈〉、劉克襄〈陪自己看海〉、凌拂〈山雨〉；現代詩部分，收錄陳家帶〈合歡交響詩〉、李敏勇〈海的臆想〉、方群〈左手是海　右手是山〉、羅任玲〈山行者〉、詹澈〈黃昏坐在都蘭灣〉。

讀者或許已經發現，本期所錄作者似乎都是漢人，那台灣的原住民呢？他們怎麼看待山海，面對自然？其實本刊冬季號正擬以「原民之眼」為主題，選錄多篇原住民作家作品，藉以嘗試回覆上述問題。就像瓦歷斯．諾幹在〈從台灣原住民文學反思生態文化〉中所云：原住民文學正是山海文化的體現與實踐，其內涵更具有維護生態平衡的永續意義，所謂的山海文化在原住民文學中絕非符號、象徵而已，是生存的要件，也是生活的倫理。有興趣的讀者，歡迎屆時可以將秋、冬季號並列觀之，相互參照。

除了每年兩場的「大師講座」、每年四場的「季刊論壇」，中華民國筆會今年下半年還有兩場特別活動：一為八月三十一日的「見證與記憶——隱地筆耕70年，爾雅出版50年」，一為十二月一日的「向前賢致敬——名家作品朗誦會」。文學創作不但是寂寞的工程，還很可能是終生的戰鬥。筆會希望能夠用公開活動的形式，向這些戰鬥了一輩子的資深會員們致敬，以及致謝。

（摘自《譯之華》第二一〇期「山林與海洋的心跳」，二〇二四年九月夏季號）

二〇二四年《譯之華》秋季號以「山林與海洋的心跳」為主題，所錄作者都是漢人；本期冬季號本期則以「原民之眼」為主題，盼能與讀者一起思考：台灣原住民族怎麼看待山海，面對自然？原住民族作家如何透過書寫，重現當下位置，尋找傳統連結，恢復自己姓名？若從一九八七年拓拔斯・塔瑪匹瑪（田雅各）出版第一本小說集《最後的獵人》算起，臺灣原住民族的文學創作已有數波發展轉折，如一九八〇年代的抗爭批判、九〇年代的回歸部落並尋找傳統文化認同，乃至廿一世紀後在各式文學獎支持下逐漸形成的作家隊伍，在在拓展了原住民文學的創作空間與藝術表現。

相較於一九八九年吳錦發編《悲情的山林》時，因為缺乏足夠原住民作品而定位為「山地文學」；今日原住民族的文學創作已透過「作品選」與「文學史」雙管齊下，積極發聲——它們分別是孫大川主編、共四卷七冊的《臺灣原住民族漢語文學選集》（二〇〇三年），以及巴蘇亞・博伊哲努（浦忠成）獨立完成近七十萬字之《臺灣原住民族文學史綱》（二〇〇九年）。前者包括詩歌卷、散文（上下卷）、小說（上下卷）、評論（上下卷），收錄近四十位作者。後者分為上下兩冊，從原住民口傳神話到今日活躍於文壇的原住民作家作品，乃是臺灣第一部完整的原住民文學史。這兩套書都反映了臺灣原住民主體建構的歷程，對於本期主題之選文方向，尤多啟發。

本刊在有限篇幅下，仍盼盡量兼顧文類平衡與世代呈現。詩作部分收錄莫那能〈恢復我們的姓名〉、卜袞〈鳥紗崖〉、董恕明〈我是一棵樹，蜷在溫柔的山裡〉；散文部分，收錄胡德夫〈太平洋的風〉、孫大川〈搭蘆灣〉與〈面對人類學家的心情〉、沙力浪〈在淚之路，用石板屋來說故事〉；小說部分，收錄夏曼・藍波安〈安洛米恩的視界〉、瓦歷斯・諾幹〈父祖之名〉、巴代〈回家〉。筆會季刊《譯之華》

主要的任務是將台灣文學英譯，以盡推廣之功。誠如《臺灣原住民族文學史綱》作者所言：「由於兩者之間、文化背景與歷史經驗等都有相當的差異，發展的脈絡也有所不同，所以如果貿然將原住民族文學納入現在臺灣學界一般所稱的『臺灣文學』範疇，將會窄化原住民族文學……」本期《譯之華》從擇定主題到思考選文，對於此一提醒，時刻銘記在心。

（摘自《譯之華》第二一一期「原民之眼」，二〇二四年十二月冬季號）

挺立二十年、出版四十期的《臺灣詩學學刊》，在鄭慧如、劉正忠（詩人唐捐）、林于弘（詩人方群）、解昆樺四位主編的接力經營下，已是一份最能代表本地詩學界高度的學術刊物。正因為有如此堅強的基礎，我在銜命接下主編一職後，便希望可以於穩定中尋求突破，盼不辱一任五年的職責與託付。與絕大多數的文學類學術刊物不同，本刊發行者「臺灣詩學季刊雜誌社」是純民間組織，雖然成員近半具有大學教授身分，但刊物本身其實並未真正享有來自大專校院或研究機構的資源。這點可以說是本刊的侷限，也可視之為本刊的彈性；同樣地，我們既要接受學術刊物分級制度的嚴格評鑑，也要面對坊間一般讀者的批評指教。《臺灣詩學學刊》就是這麼特殊的存在，而今，它出版了第四十一期，準備走向下一個廿年。

自本期起，編輯委員會嘗試邀請更多外部甚至外國學者加入，故二〇二三年將由佘佳燕（世新大學）、李樹枝（馬來西亞拉曼大學）、張寶云（東華大學）、陳俊榮（臺北教育大學）與主編（當然委員），共同組成新編委會。本社同樣也新增了多位成員，目前共有十九位社務委員與二十六位吹鼓吹論壇同仁。《臺灣詩學學刊》一向園地公開，歡迎各方將最新穎、最強悍、最雄辯的文章投稿給本刊。除了嚴謹的學術論文外，我們也歡迎五千字為限的「深度書評」與四千字為限的「詩學現場」。學術固然是本刊永遠的根基，卻也不是唯一的面貌——一九九二年十二月《臺灣詩學季刊》創刊，第一期的發刊詞中便主張：「歷史與現實兼顧，理論和實踐並重；不割裂現代詩的任何一條史線，不隔絕台灣以外的任何一地詩壇。」承繼臺灣詩學「季刊」而生的「學刊」，卅年後，仍然還是這麼特殊的存在。

（摘自《臺灣詩學學刊》第四十一期「詩境・詩質・詩意象」，二〇二三年五月）

從《臺灣詩學學刊》卅年前的「前身」《臺灣詩學季刊》開始，所謂「臺灣詩學」從來就不是一種自我設限，所論更不拘束於臺灣一時一地。編輯部願意在此鄭重呼籲：《臺灣詩學學刊》園地開放，精編細校，定期出刊，歡迎有志於華文現代詩研究、鑑賞、報導者不吝投稿。

從《臺灣詩學季刊》到《臺灣詩學學刊》與《吹鼓吹詩論壇》，這三份由臺灣詩學季刊雜誌社出版、加總超過一百三十期的紙本雜誌，將與聯合線上股份有限公司合作，預計自二〇二四年起推出數位版典藏資料庫。本社創立卅一年來，作者、編者的付出乃至讀者的回應，都具現在每一期紙本出版品（以及二〇〇二年設站，現已停止更新的網路論壇「吹鼓吹」，現今託管網址為http://120.124.120.106/）。我們期待跟聯合線上合作的這個典藏資料庫，既能數位化處理與完善保存，這三十多年以「臺灣詩學」為名的紙本刊物其詩、其文、其論及其書影；更盼望透過電子資源和數位網絡的無遠弗屆，能夠開啟它們遠航的契機，順利將過往的紙本內容，傳播到「臺灣」以外的國度。

（摘自《臺灣詩學學刊》第四十二期「時間・空間・隱喻」，二〇二三年十一月）

臺灣詩學季刊雜誌社自二〇〇八年起，每年輪流舉辦「創作獎」和「研究獎」徵選活動，堅持迄今，未曾歇止。其中跟學刊關係最為密切的「研究獎」部分，名稱從初始「大學院校詩學研究獎」到晚近易為「大學院校現代詩學研究獎」（按：徵獎簡章上雖名為「研究獎學金」，但獎座標示與獎項公布時均為「研究獎」），自二〇〇九年至二〇二三年，共誕生了十四位得主：朱天、利文祺、沈曼菱、林宇軒、林秀赫、夏婉雲、涂書瑋、張皓棠、陳柏伶、曾琮琇、楊敏夷、楊嵐伊、盧苒伶、顧蕙倩（依姓名筆畫序）。其中朱天、林宇軒曾兩度獲獎，張皓棠更是三度獲獎，十四人已有多位進入大學擔任教師，或者繼續從事現代詩之研究工作。在專書出版上，因本社鼓勵獲獎者將得獎之學位論文列入「臺灣詩學論叢」中印行，於是有了以下四部公開論著：朱天《虹橋與極光：紀弦、覃子豪、林亨泰詩學理論中的象徵與現代》（二〇一八）、林秀赫《巨靈：百年新詩形式的生成與建構》（二〇一九）、張皓棠《噪音：夏宇詩歌的媒介想像》（二〇二二）、涂書瑋《比較詩學：兩岸戰後新詩的話語形構與美學生產》（二〇二二）。

本期學刊之專題論文，即為第八屆「大學院校現代詩學研究獎」三篇獲獎作，一篇改寫自作者英文版博士論文，兩篇為主題單篇論文投稿。與類型相近的臺灣文學傑出博碩士論文獎（國立台灣文學館主辦）、周夢蝶詩獎（評論類）、楊牧文學獎（研究論著獎）等相較，臺灣詩學季刊雜誌社所設「研究獎」提供獎金不是最多、聲量亦非最大；但我們創設最早、持續經營、鼓勵出版，倒也是不爭的事實。在本期出刊前夕接到國家圖書館通知，《臺灣詩學學刊》因位列「熱門期刊傳播　五年引用」而獲表揚，且為本屆文學學門「五年影響係數」最高之代表性期刊（熱門期刊）。感謝每位作者、讀者跟論文引用者。五年影響係數（5-Year Impact Factor）為以「臺灣人文及社會科學引文索引資料庫」收錄之期刊為範圍，計算各期刊近五年被引用情形而得。本刊獲此肯定，必當繼續努力，持續精進。

（摘自《臺灣詩學學刊》第四十三期「大學院校現代詩學研究獎」，二〇二四年五月）

既然擔任主編一職，我當然知道通過率偏低，對一份學術刊物不是「壞事」——唯學界裡不乏將低通過率跟高水準刊物兩者等同者，對此請恕我無法完全認同。作為看過本期每一篇第一、二乃至第三審審查意見的我，必須說擔任外審的委員都非常盡責，動輒近千字的提醒、建議或批評，都是他們利用自身在學術研究與教學工作的空檔，一字一句構想和輸入，並在刊物限制的審查時間壓力下，慎重地將決定和意見寄回編輯部。因本刊一向嚴格執行匿名評審制，故只能借由這篇編後記，向每一位願意付出時間與精力，對他人學術論文提供誠摯建言的審查委員致敬。

在廈門大學台灣研究院文學研究所劉奎所長倡議與組織下，二〇二四年七月七日午後於台研院三〇一會議室舉辦了一場「台灣新詩史的歷史、問題與方法」工作坊。這場活動是針對孟樊、楊宗翰合著《台灣新詩史》一書的討論，除了邀請兩位作者專程赴廈大，也請到朱雙一、徐學、陳仲義、張期達、鍾永興等多位學者專家，以及曾經就讀或仍在廈大的博、碩士生出席與談。十分感謝劉奎教授的用心安排，因「臺灣詩學」一向對好學覃思的青年學術工作者寄予厚望，故特邀當日出席的對岸博、碩士生岑園園、李湘宇、易文傑、邵海倫、陳若凡、肖靜薇提供發言稿，以誌這次難得的海峽兩岸詩學觀點交流。衷心期待未來台灣的青年學術工作者們，也能有以工作坊形式暢談《中國當代新詩史》的時刻。

（摘自《臺灣詩學學刊》第四十四期「台灣新詩史的問題與方法」，二〇二四年十一月）

撰寫這篇〈編後記〉時，我的感覺有點困惑——我們當時為之努力的「當代詩學」，原來已經過了廿年嗎？我指的是二〇〇五年四月創刊的《當代詩學年刊》，主題是「兩岸詩學專號」，專題論文作者有鄭慧如、朱雙一、楊宗翰、古遠清、陳信元、陳俊榮；一般論文為須文蔚、翁文嫻；書評作者為張梅芳、孫維民。總編輯孟樊親自撰寫〈發刊辭〉，忝任主編的我則以〈期待批評學派〉充任編後記。廿年過去了，古遠清、陳信元兩位作者皆已仙逝，而孟樊／陳俊榮將於二〇二五年一月榮退，我則有幸從淡江改聘至《當代詩學》的家──北教大任教，並且銜命處理《當代詩學》發行至第十七期（二〇二三年二月）後的存續或轉型問題。

遙想廿年前，《當代詩學年刊》上這樣寫道：

國立台北師範學院台灣文學研究所自設所以來，即專注於台灣文學的研究與人才的培育工作，其中若干同仁身兼詩人與詩學研究者的身分，本著為詩壇與學界提昇研究風氣的初衷，創辦一本純詩學的學術刊物，致有《當代詩學》的創刊。本刊為一本專門提供新詩研究發表的期刊，寫作與編輯體例均按學術刊物的標準，主要刊登學術論文與書評文章，且凡來稿皆須接受匿名審查，審查通過始可發表。目的無它，如上所述，在使新詩的研究學術化而已。

彼時台北教育大學尚未升格、仍是師院，台灣文學研究所亦尚未易名為今日之「台灣文化研究所」。語文教育學系甚至是到二〇〇六年，才因為師範學院升格為教育大學，故更名轉型為「語文與創作學系」。《當代詩學年刊》可謂見證了其中的演變分合，但戮力經營一份「純詩學的學術刊物」之心，卻始終未曾動搖。特別是二〇〇六年九月出版的第二期，孟樊與我策劃了「台灣當代十大詩人專號」，首度以邀請制與記名投票法，經統計後公開「十大詩人」的排行跟票數，並舉辦了一場深度討論十位上榜詩人的學術研討會。紙本刊物加上實體活動，詩學討論翻出學院圍牆，《當代詩學年刊》收到了相當不錯的迴響。可惜之後因我赴菲律賓教書，自第三期出版後便不再參與編務，也完全不知道之後有何更迭發展。

一別這份刊物多年，只因今年十月二十二日的一場會議決議，我又回來了。身分固然還是主編，但我改為主張《當代詩學》應該勇敢跨過當年「純詩學的學術刊物」之自我界定，在廿年後尋找新的發言位置。職是之故，在編輯委員會支持下決定易名為《當代詩學叢刊》，並且不再採取學術期刊形式，改以圖書出版面向更多一般讀者。希冀這份以書籍樣貌問世的「叢刊」，能夠在學術單位（北教大語創系）的企劃製作，與民間公司（小雅文創）的出版發行之下，一部接著一部，攜手向前、持續出版、造成影響。

當代詩學叢刊第一部，設定的探討對象正是廿年前的總編輯：孟樊／陳俊榮。為此我們在極短時間內展開多方約稿，最終收穫了三篇「夫子自道」、兩篇「研究論文」、十篇「感念師恩」。詩人自訂的〈孟樊寫作年表〉相當完整，若能配合參看全書首篇〈知識癖之考掘——我的學思歷程〉，當可對其人其文有更深入的了解。至於書名，我借自今年十月仙逝的瘂弦——在替《台灣文學輕批評》寫序時，他形容孟樊是「在文學原野上奔馳的白袍小將」。那一年孟樊三十五歲。而《閱讀孟樊》這本書在卅年後、孟樊屆齡榮退之刻出版，據此改稱為「在文學原野上奔馳的白袍騎士」，當不為過。

（摘自「當代詩學叢刊」第一部《閱讀孟樊：在文學原野上奔馳的白袍騎士》，二〇二四年十二月）

卷三／持論相對

與同代人對話

詩是永遠的初戀（楊宗翰vs.林德俊）

楊宗翰：

一九七六年生，台北人，現為國立台北教育大學語文與創作學系副教授、中華民國筆會秘書長、《台灣詩學學刊》主編。二〇二二年出版與孟樊合著之《台灣新詩史》，二〇二三年出版詩集《隱於詩》與論集《有疑：對話當代文學心靈》。還在編選，也還在寫作。

林德俊：

一九七七年生，台中人，熊與貓咖啡書房創辦人、點燈文化基金會董事、台中市社區總體營造暨文化設施推動委員會委員、台北市松山社區大學校務委員。著有

《樂善好詩》、《阿罩霧的時光綠廊》、《黑翅鳶尋家記》等，正在桐林山村營造「貓頭鷹故事屋」。

文學朋友

楊宗翰：

我不是一個喜歡社交的人。日常生活中最常見到的就是學生與同事，但他們跟社區鄰居、大樓保全一樣，都不是我的朋友。常聽人家說「上了年紀，交朋友很難」；其實我年少時就覺得交朋友很難，到現在都中壯年了，更不敢說自己有什麼朋友。常聽到人說「臉友五千、追蹤破萬」，在臉書或自媒體上就是一個數字，如夢幻泡影，只要輕按一鍵，就可以解友、退追、拉黑或封鎖。所謂網友點讚給心，有人用來流量變現，有人用來網紅分潤，有人用來自我滿足……我只看到網路世界反映了現實人生的躁動與匱乏，不斷堆高的數字後面，隱藏著肆意滋長的虛無。所以當面對臉書上「交友邀請」時，我總是在「確認」或「刪除」兩處躊躇，最後只能擱著，一放就是兩、三年。完了，說這個會不會被人立刻「解友」？管他的，默默做，輕輕解，不要當面告訴我就行。

但我很珍惜文學朋友，尤其是年輕時認識的同輩。上個世紀九〇年代中期，剛讀大學的我參加了一個文藝營。那是一個文藝營比演唱會或脫口秀還熱門的年代，在文青之間能比文藝營熱門的，大概只有跑影展。活動地點在剛創校的東華大學。記得是在學生宿舍第一次見到德俊，和當時的女友（現在的夫人）韋瑋。你社會系的背景，也跟我身邊多為中文系或國文系同齡人，顯得相當不同。那時透過國文保送營、耕莘寫作會跟幾次文藝營，我認識了一批民國六十年中期出生的「六年級中段班」，好多人都很會寫，而且現在還在寫：除了德俊，至少還有孫梓評、凌性傑、陳思宏、張耀仁、林怡翠、何雅雯、洪書勤……。我跟其中幾位還合組過一個跨校性詩社「植物園」，出過四期詩刊和一部詩合集。德俊更厲害，在輔仁大學創立「死詩人社」，社名來自羅賓・威廉斯主演的電影《春風化雨》（Dead Poet Society）。社課居然還有以「火葬玫瑰」儀式，來進行劇場化的詩歌朗讀分享。那時我就覺得你是個與眾不同的點子王跟行動派，喜歡助人，擅長策畫。

當六年級的昔日文青變成今朝文壯，我們都更成熟了，但彼此好像沒有更熟。這些年你遷回故鄉霧峰定居，就更難碰上一面了。幸好我珍惜的每一位文學朋友，從來就不是靠交情或見面。我依靠的是閱讀，是觀察，文學朋友終究應該以文學相交。

林德俊：

對於「群性」不強的人而言，文學可以是最好的朋友，到圖書館，選一本書，你便有了伴，文學世界何其大，一定可以找到最讀／談得來的好朋友，這樣的朋友當然是一種「想像朋友」，卻可能是最知心的那一位。

文學也開啟認識「現實朋友」的一扇門，寫作同好在交流聚會裡萍水相逢，我印象中和宗翰兄第一次「同場」是一九九七年「青年詩人創世紀講談會」，當時著實訝異於眼前這位侃侃而談、馬力十足的青年寫作者僅僅長我不到一歲。宗翰兄以評論家身分在文壇奠定地位，對於詩史書寫早早表露企圖。「敢寫」亦「能寫」，可謂「風格寫作」兩大關鍵詞，前者是氣魄的展現，後者是駕馭的功夫，早慧且早發的評論家楊宗翰，一出手即具「評論風格」。

宗翰兄願意選擇「評論」這位文學朋友長期交往，是文壇之福，揣想您十分懂得「享受」資料爬梳過程中「發現」的樂趣，您的評論以熱情為基底，這是許多「論文製造機」學者不見得擁有的寶貴資產。不過，二十多年來專注此道，多少壓抑了自己的創作才能吧！所以很開心您與孟樊合寫《台灣新詩史》鉅著終於問世之後，還有另一個終於——個人詩集《隱於詩》的出版，詩人楊宗翰有無機會得到評論家楊宗翰的批判性閱讀？這本詩集在台灣新詩史上除了豐富學院詩人系譜，還能如何被歸類、被評價？也許……我們可以期待另一個楊宗翰橫空出世。

從為詩狂，到隱於詩

楊宗翰：

我常跟學生說：能夠為詩而瘋狂，是多麼幸福的青春。跟現在吾輩只能困在帳單房貸、考績評等、體衰保健的議題相較，他們的生活樣態或日常作息，還真是讓人羨慕。我讀大學時，絕不會錯過誠品每個月「詩的星期五」，像是追星族一樣看著洛夫等前輩在台上朗誦，整個氣氛迷人到極點，空氣中都是幾分苦澀幾分甜的詩味。白靈老師在耕莘小劇場辦「詩的聲光」，可能是缺人吧，竟把我也拉去演。我只好應付一下必修的聲韻學期中考，飛快繳卷後騎機車急馳下山，就是為了趕演詩劇。林煥彰〈十五・月蝕〉原本不算難懂：「八點鐘，月在我二樓／企圖穿窗而過／／十五那個晚上，／我捉住了她／所以，你們就有了一次／月蝕／／而午夜／她將衣裳留在我床上／所以，那晚／她／特別明亮」，而我被導演要求先屈身蹲在一個橘黃色大筒子裡，算好時間再跳出來，大跨步蟹行橫走。我到現在都還不知道在演什麼，只覺得肢體可以這樣展示，既害羞，又得意。近日發覺YouTube上竟還找得到三十年前的演出影像紀錄，幸好畫質甚差，什麼都看不清楚。果然印證了，模糊的青春才是最美。

那次「詩的聲光」跟我們一起登台瘋詩的，還有大前輩管管。這位文學史上超級大玩家兩年前逝世，享耆壽九十二歲。那一輩資深詩人都對我極好，甚至有時容忍我刻意胡搞，譬如把寫實風格的詩投稿給《創世紀》，把不避艱澀或超現實風的詩投稿給《笠》。年輕氣盛的我，不知道從哪借來的勇氣，覺得別人都搞不懂，所以自行翻譯了「意象派」的信條，投稿後也蒙《笠》採納刊出。我在二〇〇〇年這篇〈意象派諸信條新譯〉中寫道：「古有所謂『詩辯』者；生此紛紛詩壇，擾擾詩潮之世，以此『譯辯』明志，誰云不宜？余豈好譯哉？余不得已也！」現在看來，就是兩個字：屁孩。

雖然樂於為詩瘋狂，但我後來幾乎完全走向文學評論，很少寫詩。立志要寫《台灣新詩史》後，更要求自己把創作放到這書出版之後再談。沒想到這本新詩史花了廿年才問世，中間實在蹉跎耽誤太久。去年既然出版了新詩史，今年我就該重回創作隊伍，遂推出第一部個人詩集《隱於詩》。遲到總比不到好。人生已過中場，不能浪擲耗費。回到寫作隊伍，容我隱藏於詩。

林德俊：

洛夫一九九二年創辦「詩的星期五」，每個月固定舉辦，持續至一九九七年，大學時期的我有幸抓住它的尾巴，代表輔仁大學「死詩人社」登台朗詩，登上的「台」也就是誠品敦南店一樓大廊階梯上的平台，許多文青席地而坐，經過的人駐足圍觀，前輩詩人也會坐在台下聽我們這些初出茅廬的學生詩人發表作品。幾位詩壇老大哥約我們在附近的咖啡館討論發表內容，詩壇老頑童管管也在席上，其舉手投足太有戲，台前台後一個樣，真是人如其詩的代表。

「詩的星期五」不只是早期誠品書店代表性的文化品牌活動，也是台北這座城市指標性的文化活動。彼時還沒有一年一度的台北詩歌節、台北文學季，我理想中的詩歌推廣活動比較接近這樣的典型，不走嘉年華式的大拜拜，不把小／分眾性質的活動專案式地集中在一兩周內辦完，而是譬如每個月選定一週的星期五開啟文學的週末，讓讀詩化作生活的一部分。有一種詩的現場：詩人並非那麼遙不可及，台上台下互動頻繁，誰都可以來用你的方式來講談詩探索詩，置身現場的人一起發光，成為一幅城市文化的縮影，因為詩的觸動，每一張臉都青春。今年我受台中文學館之託策畫首屆「台中文學私塾」，幾乎周周都有場子，其中「寫作星期天」的命名靈感即源自「詩的星期五」。一個文化空間必須有專屬於自己的品牌活動，有動才有活，不只要動，還要動得有聲有色。若能長久持續，就能厚實文化的地氣和底氣。

愛詩，更愛玩詩

楊宗翰：

我說自己有過一段「瘋詩」歲月，但跟你比起來差遠了。因為你過的是「玩詩」時光，並淋漓盡致地展現出詩創作所用的媒介跨越。這種新媒介或新「玩法」，代表著詩人正在創造新的感性，也為讀者帶來新的感受。我曾說你擅長在平易可親的文字裡別有寄託，彷彿立志於翻轉世間既有秩序，從形式到內容都在顛覆當代讀者對新詩的刻板印象。你從根本上便開始拆解分行詩、分段詩、圖象詩之分野，讓過往充滿聖光的詩語言步下神壇。詩（或者說文學）至此卸下經常被賦予的崇高位置與道德期待；取而代之的是文本的自由戲耍（textual free-play），以及語言、行動及圖象或符號之間的結合。戲耍的衝動亟需透過書寫作為宣洩，諧擬（parody）手法遂被發揮在改寫或重組那些過往典故、俗世成規或童話寓言。我很佩服你在解放遊戲衝動與實踐行動詩學上的努力，也很羨慕你能在媒介相互搭配下催生出不少新鮮詩體。因為我學不來，更是玩不來。

林德俊：

宗翰兄少時的「瘋詩」歲月，風風火火在詩劇裡粉墨登場，您也很是好（ㄏㄠˋ）玩呀！希望在「星期五的月光曲」朗誦會上有機會欣賞到您「復刻版」的展現。您曾「把寫實風格的詩投稿給《創世紀》，把不避艱澀或超現實風的詩投稿給《笠》」，這可是「玩詩刊」的創意行動，試圖位移「刊性」的「正統」，您早年如此這般輕輕幽了詩刊一默，簡直是後現代的「內爆」。「詩行動」是一種觀念藝術，觀念藝術的實踐奠基於「史的掌握」，要玩跨界，自然離不開典律的爬梳，現在您既然已經藉由《隱於詩》的問世重新恢復詩人身分，不如恢復得更徹底一些，把當年的各種「瘋詩」行徑一起找回來。

我的玩詩啟蒙，大學時期除了提筆寫詩，也在影像、音樂、劇場和各種的空間和事物裡感受到詩，「詩意」是「若有詩」，但為何「若有詩」？我花了二十多年去探究，至今依舊興致勃勃。關於「玩詩」，我覺得自己更像一個冷靜的設計者，我喜歡把各種現場、各種狀態下的人們設計為詩的讀者（不一定是正襟危坐的那種「讀」），如何讓那些乍看與詩無關但其實很有關的人們成為詩的主體？如何喚醒「詩意的身體」與「詩意的心靈」？這樣的問題意識並不只是「詩的推廣教育」可以概括，其中或許潛藏著詩的終極祕密。

遊走在創作與評論之間

楊宗翰：

二〇二三年七月份我出了第七本專著《有疑：對話當代文學心靈》，特別收錄〈評論作為一種創作：與《幼獅文藝》談「何謂書評」〉，作為全書的代後記。其中寫道：「今日台灣的書評界已經太過安全，也太過安靜了。我作為興趣雜亂、什麼都嘗一點的書寫者，一直期待能夠看到真正向『創作形式』回歸的書評寫作。……我渴望自己寫作的文字，能夠召喚到一、兩篇採『創作形式』的書評。對話或對打，我都歡迎。」我這裡指的，當然不是社群媒體上，關於文學的鬥嘴鼓。認真評論，沉潛創作，安靜讀書，歡喜教書——我樂於徜徉在這四者之間，尋找它們微妙的平衡。

林德俊：

《有疑：對話當代文學心靈》相較於《台灣新詩史》，雖然屬於某種評論文章結集，卻讓我們看到一位更立體的「評論家楊宗翰」，在論篇、評書、談人當中，一位行動派學者的文壇身影漸漸清晰。「批判」是評論家的天職，從出道至今，宗翰兄始終如一。您在本篇對話開頭提到「我不是一個喜歡社交的人」，對一位評論家而言，這一點也不是壞事呵。

許多文學創作者的評論文章也寫得很好，正因為他們儲備了厚實的閱讀，這讓他們在品評一篇或一部作品時，擁有自成一格的參照架構。台灣的閱讀產業危機感日漸深重，我相信如果「閱讀推廣」和「閱讀教育」做得好，可以相當程度緩解這樣的危機感。我以為，「評論」可以讓閱讀成為一件更有趣的事，除了為了求知、抒情而讀書，我們也可以為了思辨而讀書，這樣的讀書助我們覺察世事、析得道理，「創作」出自己的看法。書評寫作值得推廣，應該要成為文學獎的一個徵件類別。

行動派的機智編輯生活（楊宗翰 vs. 林德俊）

像我這樣一個編輯

楊宗翰：

六年級世代的文學人，有不少曾經或正在以編輯為業。這個「業」可以是職業，可以是事業，也可以是志業。我這幾年對「以編輯為業」很感興趣，故先後主編了《大編時代》與《話說文學編輯》兩本書，欲藉助眾人之力，一方面重現過往瘂弦等偉大編輯的事功與啟示；另一方面也想激勵一下吾輩或更年輕的文學人，別再一天到晚喊著或自比為「小編」。小編滿街走，氣短志不高，還能夠承擔什麼大任？「大編」之所以為大，是大在心態，大在視野，大在對於編輯這份職業／事業／志業的企圖與實踐。文藝可以成學，編輯足以成家，所以我主張這些大編應該被正名為「編輯家」。其言行必須記錄，其編事值得研究。

這些編輯家中兼有詩人身分，於編事及創作上皆卓然成家者，至少有楊牧、向明、張默、瘂弦、蕭蕭、白靈、向陽……我認為應該冠他們以「詩人編輯家」榮銜。當我在擔任編輯、講授編輯、研究編輯、想像編輯時，這些「詩人編輯家」都是學習的模板跟最好的典範。不過世代有別，環境殊異，我們這些歲數坐四望五的「六年級生」，畢竟再也回不去前行代的紙本媒體盛世了。德俊，你跟我都是在公元兩千年前後開始接觸編務吧？我們何其有幸，見證紙媒王國的夕陽餘暉；在編輯工作之餘，還因緣際會成為部落格或新聞台的首批投入者。在homepage或blog上，每個人都突然變成（自己的）總編輯，過癮極了。可以單槍匹馬，可以詩妖8P，一時之間好不熱鬧。豈料廿年過去了，一切都變成失效連結，再怎麼refresh都杳無蹤影。想起來也蠻可怕的：原來網路世界遇到金流斷絕，任何遺跡都可能被完全移除。

像我這樣一個編輯，廿年過去了仍然在編編寫寫，樂此不疲。昔日我曾編過《勁晚報》副刊，待過出版社與雜誌社，邊做邊學該如何編輯、企劃、業務、行銷、策展；現在既主編學報《臺灣詩學學刊》，又替中華民國筆會英文季刊《譯之華》

（*Floresence*）選稿件與訂專題，偶爾也受邀策劃雜誌或協力專案。雖然身居學院圍牆之內，但能夠藉此維持編輯手感，我很樂意，也很珍惜。尤其這些編選企劃都是文學之事，而我本來就很想終生作一名文學編輯——堂堂正正、不容蔑視、不需理由的文學編輯。因為我篤信：文學，就是最好的理由。

林德俊：

宗翰兄編輯資歷豐富，在我眼中是個學術性、策畫型的編輯人，往往一本選集的出版就是一個議題設定，主編者為主題做功課、經營撰稿人脈、建立編輯論述，尋稿（邀／徵稿）、追稿、理稿、校對……出版後也還少不了推廣工作，相關活動設計甚至在編選之初便已啟動。大處著眼而小處著手，這般運籌帷幄，期能引起關注、帶動討論，當然是「大編」無誤。《大編時代》的命題頗有氣魄，蘊含著編輯人的責任心與榮耀感，是自我期許亦是高調呼籲。

其實不少低調隱身在「小編」頭銜之下的編輯人，完全具備「大編」的實力，他們搭起作者和讀者之間的橋樑，成為透明卻堅實的存在。網路社群媒體的小編，較之以往純紙媒時代的編輯人，「即時互動」、「維持熱度」的挑戰更大，這些小編正在開拓編輯專業的新面向，其技能包值得舊時代的編輯來取經。反之，小編們不妨多多回望紙媒時代的編輯人，正視「精編細校」的職人精神，資訊查核、防漏抓錯等基本功不應在數位時代的編輯工作裡退居邊緣。

回鄉，就是在編輯一個地方

楊宗翰：

透過青年回鄉，帶動在地發展，在政府推動這類型「地方創生」之前，德俊你已選擇放下台北的報刊編務工作，先一步回到台中老家了。小林來台北，德俊返霧峰──王禎和筆下的純樸青年，在台北見識到種種不堪與價值衝突，最後忍不住心中吶喊：「你們這款人！你們這款人！」德俊則以自己毅然回鄉為契機，從編輯副刊轉換為編輯地方。很佩服你們夫妻分身有術，能夠經營相距兩百公里的「熊與貓咖啡書房」及「熊與貓松山驛站」。它們都不是傳統意義下的商店，而是帶有社會企業精神，具備公益理念的推廣平台。而且霧峰熊與貓1.0版正走入歷史，只待裝修完成，十月後將以2.0嶄新版本出現。我在想：一向是行動派的德俊，這些年真可謂把蘭生街變長了，也把霧峰、把台中給編大了。

林德俊：

二〇一五年我在土地的聲聲呼喚之下，回到台中霧峰老家展開新生活，一方面，回鄉可以有較多機會近距離陪伴年邁的父母，二方面，我過去在台北從事多年的閱讀寫作推廣教學，可以搬到家鄉來實踐，文化人力資源相對匱乏的霧峰，或許更需要我的投入。

當我和內人韋瑋帶著一絲前中年期的哀傷，聊到「我們接下來可以做些什麼」時，「開書店」的鬼點子馬上「叮」一聲跳了出來。「那麼，我們就來實驗一種書店的可能吧！」我和韋瑋都屬於那種「不安於室」的作家，好不容易脫離上班打卡的日子，自然不會想要「開一家店」再為自己戴上手銬腳鐐，目前一週只開門兩天遂成為符合店主心性而一般人感到訝異的「營業模式」。回鄉前後，一邊準備開店，一邊從事家鄉田野調查，做足功課，初步盤點霧峰的發展難題與條件後，設定「在地文藝復興」和「友善土地的社區行動」作為書店目標，就這樣走上了社區營造和地方創生之路。

我以前是個作家，也是個編輯。回到鄉下，我還是個作家，拿起筆寫下所見所聞；回到老家，我還是個編輯，編輯地方的人、事、物和各種資源。我從客人的口中聽到生龍活虎的在地事，這些隱藏版高人，有作家、畫家、導演、設計師、音樂家以及文史、農業、生態、旅遊、社造等各式各樣的「專家」，還有其他難以歸類的「有故事的人」，他們讓書店的咖啡座成了地方人文客廳。令人興味盎然的「好料」，當然要「分享」出去，他們從客人變成朋友之後，又從朋友變成了講座、讀書會、工作坊的主角，不少在地民眾的參加心得是：「原來我們這兒臥虎藏龍呀！」

二〇一五年我的太太韋瑋隨著先生回到他的家鄉，自己卻來到了異鄉，幾年的文化社造努力小有所成之後，二〇一八年「熊與貓」在女主人的老家台北松山開啟外掛模式，營造一個「文化酵母」空間，透過在地結盟，開展種種扎根於地方的創意企劃，推廣錫口（松山古名）意象，試圖尋回松山的歷史聚落身分，復興場域精神，文學的形式在其中扮演要角，譬如我們為錫口老街（今饒河街）的老店和名攤製作了美食詩籤，並登上台北燈節活動的打燈謎朗讀節目……。

夫妻倆的回鄉之路，真是出乎我們自己當初的預料。

本名與筆名

楊宗翰：

親近的人叫我「宗翰」，學生則喚我「宗翰老師」，至於綽號，跟我無緣。記得德俊最早是化身為「兔牙小熊」，以此名主編、號稱「台灣第一本e世代情詩選」《愛情五味》，還收錄了我的創作。後來就是大家熟悉的「小熊老師」了，有持續更新的臉書粉絲團「小熊老師旅讀趣」，也是近期那本很好看的《黑翅鳶尋家記》作者。小熊老師跟林德俊，是一體兩面？還是各走各路？

「筆名」這檔事，對我個人實在太過陌生。自己此生唯一用過、也僅用一次的筆名「周樹人」，還是廿年多前《文訊》要介紹文壇新人，好意先詢問我想要找誰寫文章？我個性比較頑皮（可能更偏向頑劣一點），想說與其託人美言，何不力行自我批判？但規定就是不行。陳映真曾用筆名「許南村」寫評論文章〈試論陳映真〉，其實「陳映真」也是筆名，是為了紀念其早逝的孿生哥哥而用。最後《文訊》要的那篇，我就採用魯迅本名「周樹人」發表，自行靈魂拷問了一番。為了怕胡鬧漏餡，還特別跟編輯說稿費請匯入此文作者、當時女友的帳戶。後來分手後過了好久，才想到似乎忘記開口領這筆不義之財（確實不義，畢竟名義可疑啊！）。當年鬧的頑皮事還有不少，我還是就此打住好了。

林德俊：

「兔牙小熊」是我在明日報個人新聞台時代的網路暱稱，其實是算命網站算來的。後來不少文學課堂上的學生喊我「小熊老師」，我便擁有了此生第二個筆名。我的詩創作有時被評為「童話風」，從事各種詩行動常常不自覺顯露出俏皮的一面，加上「小熊」方便記憶且富有親切感，「小熊老師」後來成為我最常用的筆名。

筆名之於作家，其一功能是創作形象的標誌，甚至會引導個人創作系統朝某個方向前進。回到台中之後，我因緣際會參與了里山環境復育，近年我的著作以動物繪本為主，包括《黑翅鳶尋家記》、《貓頭鷹的孵夢森林》、《草莓園偵探社》、《守護億隻鴞》，家鄉山林的動物朋友們，包括飛鼠、蜂鷹，都在等著我為牠們寫下故事、配上詩句。對於故事劇團、生態教育隊伍的夥伴而言，小熊老師首先是一位童書作家，其次才是詩人。這些著作是因應推廣教育現場的需求而生，甚至不走傳統的圖書銷售通路，出版後直接由贊助單位捐贈圖書館或小學、社區，並在各種展演活動裡轉化應用。此跳過傳統書市而讓作品直接發揮具體影響的「另闢蹊徑」，是熊與貓正在嘗試的文學傳播實驗。

世代位置

楊宗翰：

我們兩人還有一個共通處：很早就在思考「世代位置」問題。廿年前你主編那本《保險箱裡的星星：新世紀青年詩人十家》，六年級詩人就占了七位，所錄皆為他們在上世紀末及新世紀初之間的創作。感謝爾雅出版了這部選集，或許它引起的討論遠不及二〇〇〇年十二冊「世紀詩選」（爾雅今年又很有勇氣地出版了五冊「新世紀詩選」）；但此書就是一種集體火力展示，也可從中讀出你想用編選行為，證明或宣告一個世代日趨成熟的雄心。二〇一〇年我自菲返台定居，在網上已見識到七年級作家的火力之旺，卻大多數尚未降臨紙本，結集印刷出版。我遂動念策劃《台灣七年級小說金典》、《台灣七年級新詩金典》與《台灣七年級散文金典》三書，邀得朱宥勳、黃崇凱等六位主編，以首見的「七年級編選七年級」形式，展示自身創作成績。其實當時條件還不夠，很感謝主編者、入選者、評析者仍願勉力配合，讓這三本書能在二〇一一年順利面市。

我們兩人會想作這些，應該都不是為了自己，而是欲以編選策劃，彰顯一整個文學世代的位置。記得你在《保險箱裡的星星》裡，提過「新新世代」之說。時間過得真快，現在六年級作家若還被稱為新世代或青年作家，恐怕自己都會先忍俊不禁，噗哧一笑。過幾個月就是總統大選，倘若把文壇比作政壇，超過四十歲的吾輩似乎也可以去選總統了？幸好文人想當亂黨的多，願作順民者寡，誰會傻到爭取作文壇總統，讓人照三餐罵？無論最後哪方勢力、誰的人馬「執政」，拜託請對更年輕的世代好一點。強壓著別人不給出頭，並無法讓自己更為彰顯。我個人的文學養成過程裡，很幸運地並未受到前行代封殺或同世代排擠（也可能是我駑鈍，發生了也沒感覺到），對於更新的世代也始終保持開放與理解之心。就像自己當初提議的詩社名稱「植物園」一樣，我相信文學應該是、也必然是一座「大植物園」，千百種花草樹木，各自生長，互不排拒。希望我們這個世代未來在文壇或杏壇「執政」的那天，也能秉持這種態度處事對人。

林德俊：

關於世代之說，我想任何一個時代都會有它的老、中、青世代，會有比自己年長（或未必年長但極早出道）的前輩世代，也會有年齡相仿的同儕世代，以及遲早會有的、比自己年輕許多的下一個世代。每一世代都會因成長環境的「共時性」而產生某種親近性，但我們不宜忽略同一世代因性別、族群、地緣而產生的「異質性」。

我很慶幸，老、中、青世代裡都有文學朋友。在文壇脈絡下，我心目中的文學朋友有三種：第一是提攜後進的前輩，第二是一起探索的同儕，第三是教學相長的後輩。近年我回到台中老家從事鄉土教育，並未疏遠文學，各種扎根地方的行動，文學是主題與素材之一，更是表達觀念的重要形式。我確實慢慢淡出了台北文人圈，雖然見面談詩論藝的機會少了，但看到能評論能創作能編輯能策畫的宗翰兄持續活躍，簡直是學院裡的行動派，那是一種座標性的參照，總能激勵我這個民間的行動派，亦要一步一腳印，努力不懈地走出一條非典型文學工作者之路。

餘卷／浮生卮言
思考的點點星火

小大學

每次出國旅行，我一定會挪出時間到當地大學閒逛。摸摸圖書館內的藏書、試試學生餐廳的食物、吸吸可能無甚差異的空氣，再過分一點，就厚著臉皮偷溜進教室聽半堂課。課當然是聽不懂的，我只是喜歡那種無拘無束的校園氣氛，享受在知識間衝浪或滅頂的快感。我常在猜：整間教室裡有多少旁聽生？坐在我隔壁的，是不是下一個沈從文？當年北京大學對旁聽毫無名額限制，旁聽生數目往往比正式註冊者多上好幾倍，沈從文正是其中之一。所幸蔡元培早已作古，否則以今日世俗標準，學生家長及教育團體還不找上門罷免校長？

我無法想像一所大學不允許人們自由出入、旁聽或閒蕩，更始終弄不懂現在辦學怎麼會流行起比大？拜功績「罄竹難書」的教育部政策所賜，台灣每所大學無不力求擴張或合併，人數越招越多，規模越吹越大，校與校之間的分別卻更為模糊。為了不落人後，有些學校改了名，有些學校升了格——加上「大學」兩字後讓大家都靠得更近了，沒有學校是孤獨的。

我欣賞孤獨的大學，尤其是耐得住寂寞的小型大學。因為規模夠小，學生、教師、職工都互相認識，問學論道皆不拘形式亦不講輩份，彼此間乃以義聚而非以利合。校園或設山巔，或居水涯，師法自然而充沛人文。校長樂於聘請如同《魔戒》樹人般年長的教授，還敢用學歷不足但專業一流的講師。教師以生命授課，職工為理想付出，學生畢業前都得來一段「盍各言爾志？」……。

傷出版

就算面對Blog這種「一貼上即發表」的新興出版工具，我相信還是有許多創作者十分關心：自己的文章何時能結集成書？網路發表與實體印刷各有其難以取代的特點；不過，就是有人喜歡身陷書海，甚至把浸泡在紙張霉味中視為一種快感。本地每年號稱有三萬餘種書出版，可惜，出書多不代表讀書的人也多——昔日曾有統計，台灣每人每年平均讀二點八本書，這不過是鄰國日本的十分之一。沒人讀書，當然也沒人買書；沒人買書，出版社只好「以書養書」勉強維持，於是書店就有了更多剛上架幾天就準備下架的書。

出版社待陌生的讀者如貴人，對文學創作者卻如工人。剝削之嚴重、條件之苛刻，無怪乎文壇找不到幾個能靠版稅過活的專業作家。更何況新書就算順利面世，作家還得擔心出版社能否維持下去。幾年前我曾替早逝詩人L編過一套佚文選集，五冊出齊後沒多久出版社就宣布倒閉，數千本新書最後都進了各地「69元書店」的倉庫。作者若地下有知，是會感謝棄嬰不孤、遺作尚存；還是會召喚書中的文字集體自焚，免受賤價拍賣之凌辱？

懷校對

我喜歡讀報。每天我都會花上幾個小時，一個字接著一個字、虔誠恭敬且心無旁騖地讀完手邊每一份報紙。就算早餐的咖啡變冷、牛奶發酸、飛彈快打過來，先等等，等我看過報紙再慢慢應付。到異國旅行時，我也習慣每天帶份當地報紙伴遊，往往返家後才驚覺對風景名勝根本毫無記憶，倒是對幾則搞怪廣告與街巷趣聞印象深刻。對中年男人來說，選報紙也比選老婆容易得多——無論是藍是綠是蘋果，它們都一樣安靜溫柔，而且完全不用我宣誓效忠。

不料近來讀報的樂趣遽減、火氣暴增，每日小嗜好居然變成了循環大折磨。自從各報社陸續裁撤校對組後，錯字就開始氾濫成災，連帶讓文句欠通及標點誤植都漸成常態。我常跟愛美的大學生說：「你們要出門都會記得先照鏡子，交文章或報告前怎麼不檢查有沒有錯字？」沒想到才熬夜批改完全班作文，早報上的錯字就大剌剌來示威，好強如我怎能不拿起紅筆迎戰？

校對組就像監察院，平常沒人會關心它的存廢；等你發覺其可貴、需要其專業時，它卻已默默消失，或者完全停擺。

哀稿酬

據聞某報為了平衡收支，打算對最弱勢的副刊開鍘，首要目標就是關閉每週固定出現的專欄。令人不解的是，若以稿件一字一元（別懷疑，這就是小報所能提供的稿酬）來計算，一篇一千多字的專欄能花掉報社多少錢？每位專欄作者一個月只能刊四篇文章，累積起來最多不過五、六千元，以今日物價水準應可列入亟待救濟名單。一份副刊若聘滿七位專欄作者，一個月加起來也才四萬元——難道作家們整個月的勞心勞筆勞神勞力，其價值還比不上報社一台配備普通的手提電腦？

多年前我曾替一份晚報創設副刊，星期一至五見報，豈料未滿一年便因「平衡收支」政策而遭停刊。到後期我還曾接獲「副刊一天總稿費不得超過三千元」的指示，差點也讓自己淪為剝削作家與詩人的從犯。每當我看影集《慾望城市》重播時都想問：如果女主角Carrie Bradshaw住在台北，我很懷疑這位報紙專欄作家該如何維生？要是不願意作卡奴或援交，恐怕得跟隨台灣幾位優秀作家的腳步，拼命上電視Call-in或兩性節目磨損自己了。

寫作是高尚的，談錢是庸俗的，現實是殘酷的。誰都不會笨到把作家當乞丐，但乞丐還有主動伸手乞討的權利，作家呢？工人有集體罷工權，作家有沒有集體罷寫權？台灣的文壇大老昏睡太久了，我們得靠自己吹響革命的號角：讓全國各大小副刊空白一天吧！

祭中文

中文在台灣的處境，恐怕從未像今日這般艱難。我們隨時都在「用」中文溝通或者咒罵，卻沒試過要「愛」中文，像擁抱情人而非指揮僕人般與其相處。只有擁抱，才能感受它確實病得不輕——中文病了，不是病於衰老，而是病於羞辱、病於寂寞。要不是教育部長鬧了音容「苑」在、「罄竹難書」等笑話，誰會注意到錯字訣詞之可悲？若非國中基測決定加考作文，有多少父母會發覺國文能力原來需要從小培養？為了追求與世界接軌，大家拼命逼自己與下一代學習外文；中文則彷彿人人不學而能，似乎只有中文系教授或傻瓜才會在這上頭耗精費神。正是因為沒人想當傻瓜，大學生的中文程度快速退化到文不成文、句不成句，錯字率和書店的退書率一樣高的嚇人。

好中文難求已令人不勝唏噓，藉好中文來幹壞事當然更天地不容。在威權時期，許多文人都曾用最精緻的中文歌頌過獨裁者的統治；時至今日，竟然還有文人在媒體上強逼中文「鬥陣」來粉飾貪瀆者的政權。祭中文，也祭文人。

被代言

大概是對生者的厭倦已達到極限，很少作夢的我，最近居然常夢見一些逝世文人的面孔。這些人我當然都不算熟悉，部分甚至僅有一面之緣，但他們在夢裡絕對比書上更為可親。沈謙先生還是那樣好吃、能吃且懂吃，坐在「龍都」隔壁桌看他吃廣式片皮鴨，讓我邊看邊想要多挾幾塊下肚。小說家袁哲生是個冷面笑匠，女詩人葉紅則永遠活力驚人，誰會想到兩人多年來一直都在跟憂鬱症作戰？幸好我本來就對藍色沒有好感，在夢中恰可把所有的藍通通驅逐出境。

昨晚我夢見吳潛誠教授，場景不在愛爾蘭，而是師大路郵局的櫃台。他要領掛號卻忘了帶印章出門，行員不同意以簽名代替，兩個人幾乎要大吵起來。從聲音就聽得出他十分憤怒：「身分證帶了，本人也來了，難道還需要小小一枚印章幫我代言嗎？」現在領掛號已經可以用簽名代替，只可惜吳教授再也收不到信了。

被印章代言的滋味當然不好受，更別說無緣無故被陌生人強迫代言。「本土」、「清廉」、「愛台灣」是我自己的選擇與認同，何需一群人天天吵來吵去、搶著要替我代言呢？生者的面目既然如此可憎，我寧願繼續在夢裡與亡者為友。

說監考

期中考週終於結束，我總算也服刑期滿，接下來該造訪與時間賽跑的連續閱卷地獄了。除了讀書、買書、翫書，我其實更喜歡教書，只要一站上講台，記憶中好像還沒有說不出話來的時候。在學院教書不見得有多崇高神聖，校園內的牛鬼蛇神亦未嘗比圍牆外少，幸好我總是有辦法讓自己樂在其中。惟監考彷彿是揮之不去的惡魔，讓我始終比學生還害怕考試週的到來。

怕什麼呢？怕監考時無事可做，大好時光就此虛擲；怕真有事發生，層層上報是否會毀了這投機者的一生？怕考題太難，站著正好迎接台下的無限大敵意；怕坐得太舒服，這樣如何感同身受大學生的痛苦？明明沒有赤身裸體、奇裝異服，想不出答案你也別盯著我不放，知不知道老師也是很容易害羞的……。

親愛的同學：監考如坐監，我們一樣都在挨日子啊。

末班車

這學期被某校排了幾堂夜間部的課，每次上完都已將近十點，我才能在星月與街燈默送下匆匆趕回台北城南端。校園位在半山腰，輕易可攬關渡平原的美景入懷；可惜夜深心倦身疲，絕少師生有此雅興。下山搭捷運到公館站，最快也要近一個小時，中途若稍有耽擱，就很有機會轉乘到末班公車。新闢的專用道候車亭內還是亂中無序，人人到此都變成了樂透彩迷，期盼自己押的數字能以最快速度開來相認。遇到有末班車進站，文明與禮節便自動出站，好替又一場人獸相爭的戲碼空出舞台。

某年我獨自到東京旅行，一早出門就看見路邊有幾位男士，睡眼惺忪坐在厚紙板上整理儀容。由漸趨泛黃的白襯衫與略顯污漬的黑公事包判斷，昨晚顯然並非這些人首度露宿街頭。不知他們是沒趕上夜間電車的上班族，還是錯搭了不景氣末班車的

「前」會社雇員？當天晚上我在有樂町閒晃許久，進了地鐵站才發覺差點趕不上最後一班。排隊人潮中有一個穿深色西裝的醉漢，等車時雙眼緊閉、身體左擺右搖、臉上還有唇印殘痕，應該是下班後放鬆自己脫軌去了。正當我還在想像這名醉漢的故事，車來了，廂門一開，他衝進去的速度比誰都快。關上門，末班車載著每個人今天的故事，沿著軌道往終點疾駛。

今天　講到這裡

從首度踏上大學講台到現在，期間挫折不多、驚喜不少（扣除某年暑假難忘的聲帶手術），自忖雖無資格放言高論什麼「教學相長」，起碼更深刻認識到學院內專業或通識課程的可能與侷限。

壞記性讓我從未能完整背齊全班同學的姓名，對小說情節或文學術語倒是若數家珍；但記性再怎麼差，我下課前絕不忘以「今天講到這裡，謝謝各位！」作結。一句話重複講了幾年，多數學生都毫無反應，心裡大概都在想待會該如何以最快速度衝打工、衝社團、衝K歌、衝愛情。讀大學時我跟他們根本無啥差異，對此當然不以為忤。就像秀完拳法腿法後就非收功不可，所以要說「講到這裡」；值此滔滔濁世還有人願意聽講文藝，教師怎能不由衷說聲「謝謝各位」？

前陣子某班學生可能基於好玩，竟集體大聲回覆：「謝謝老師」。我一時間不知該如何是好，居然對他們抱拳行禮，面有赧色快步逃離了教室。

在禁聲的日子裡

對大多數教師而言，上台授課前必得準備好某些東西：有人需要夠強壯的心臟、有人需要劃滿提示的課本、有人需要一台充當助教的NB、有人需要說服自己繼續教下去的理由……。這些我都不缺，唯獨不能沒有麥克風相伴。張惠妹就算遺失了價值百萬的德國製「小白」，她到哪去都還是能開口唱歌；我若手邊沒有一具麥克風或小蜜蜂，可是會拒絕上台的。

某年因感冒久治不癒，加上仗著天生嗓門夠大，不知節制長期濫用，愛說話如我居然瀕臨了失聲危機。才剛放暑假便被主治醫生下了斬喉令：「聲帶結節」，需以顯微喉頭鏡手術伺候。把繭給割了事小，得遵醫囑禁聲一個月事大。在禁聲的日子裡，笑得心裡笑，怒得胸中怒，連睡覺都要想辦法別輕易開口講起夢話。幸好無論事情有多複雜，我的反應卻理直氣壯再簡單不過：點頭，或者搖頭。身體變成了一具奇妙黑洞，吞噬掉外界所有聲音與訊息……。

至今每當麥克風又出現惱人迴音，我都會想起這段只進不出的美好時光。

職業摔角之愛

我不愛運動（應該說，我從不運動），但我喜歡看別人運動。理由很簡單也很可笑：如果每天運動一小時只是為了能多活兩、三年，那我寧願只運動眼睛就好——我討厭流汗，且堅信一身臭汗的「男人味」會讓人作嘔。棒、籃、足、網、高爾夫……這些球我摸都懶得摸，但我喜歡看運動員如何將球玩成自己身體的一部份。因為討厭跟人有身體上的接觸，所以球或球星對我來說，終究還是「看看就好」。

世上所有運動中，唯有職業摔角能讓我瘋狂，願意搭三小時飛機趕赴現場觀戰。但我的瘋狂又十分偏執：不看女摔（女人是拿來疼而非拿來摔的）、不看美摔（要看美國人演戲我會去電影院）、不看一百四十公斤以上的大胖子互摔（這個數字是我對肥胖的忍耐極限）。摔角跟其他格鬥技的最大不同，在於它強調受招多於出招。一個好摔角手會硬吃下敵人的所有招式，再伺機用殘存能量反擊。若一方先打出十下劈擊，另一方必得回敬十發肘擊，在體力與精神雙雙耗盡之前，誰也不准離開或喊停。孰勝孰敗已非關鍵，重要的是：當時間終了，在擂臺上誰依舊挺立。

所以我常說職業摔角是最紳士的運動——雖然選手必須脫光上衣，而且比賽完每個人都臭得要命。

我的菜市場名

中國公安部門曾對三十一個主要城市的公民進行調查，統計後發現在這兩億多人中共有五萬九千多位「張偉」，榮登菜市場姓名榜首。有趣的是：二到四名恰為王偉、李偉、劉偉，可見對岸的「偉哥」（藍色小藥丸Viagra？）還真不少。不知該驕傲還是憤怒，細數歷年台灣菜市場名排行榜ＴＯＰ一〇〇，我的名字好像從未缺席。唉，難道要怪父母嗎？這可是他們當年跑去某知名仙人處辛苦排好久的隊，再狠下心花了兩千塊（請想像一下上世紀七〇年代的物價）才換來的呢。我上大學後赴成功嶺集訓，全連一百個弟兄裡就有好幾位「宗翰」，看來此仙人生意應該不差。而本人之所以從不相信占星、手相、八字、改運、塔羅，大概也跟幼年的取名「陰影」很有關係。

世上其他的楊宗翰，此刻你們正在作什麼呢？我知道你們有的是醫生，有的是演員，也有教師、音樂家、翻譯者、市民代表……。你們會不會跟我一樣平凡但充滿好奇心，還在更深夜靜時上網搜尋其他人的消息，或期待白天能在街角遇上另一個自己？

不讀小說的理由

「為什麼要讀臺灣小說？」每當台下學生一看到課程大綱及書目，我都會被問到這個問題。

「是啊，為什麼非如此不可？」換我自問自答：「因為臺灣有很多好小說」（動之以情？）、「因為愛臺灣者，不可不識臺灣小說」（喻之以理？）、「因為期末分數在老師手上」（威之以勢？）、「乖，半年一眨眼就過去了，下學期會換些別的來讀」（誘之以利？）——這些當然都是爛理由。我最想說卻說不出口的理由是：你們這些大學生，書、讀、太、少！書讀太少，所以多數學生只知吳淑珍、不知陳映真；又或者聽過二二六〇趙建銘，卻不識九彎十八拐黃春明。

每逢剛開學首度上課，我都會請全班學生列舉自己熟悉的五位臺灣小說家，最常見的答案竟是：金庸、倪匡、張小嫻、吳淡如及吳若權。前三者是香港作家，居然被同學強迫入籍成M.I.T；二吳則長期廣受歡迎，在名單之中並不讓人意外。其他人呢？賴和、楊逵、吳濁流的身影，早就被這些青春正盛的大學生輕輕拋回歷史課本；現今活躍的小說家及其創作，又怎麼能敵《達文西密碼》或「南迴鐵路搞軌案」的懸疑刺激？

類似「純文學本來就沒市場」這類論調不足採信，亦非值得尊敬的答案。我相信臺灣已經有很多好小說，不過還需要更多「好看」的小說——後者才是讓學生不得不讀小說的唯一理由。

亂世說吃

一個國家若蛇鼠橫行、綱紀廢弛，對政治感到絕望的人民，往往只能寄情於吃喝，盼以食物的香氣來掩蓋現實的腐臭。世局既已不堪聞問，總不能每天還拿半斤苦悶填塞自己空虛的胃腸吧？「吃」於是迅速成為廣受歡迎的全民活動，雖不是人人都能像新聞中的高官國戚頻繁進出頂級料亭；但偶爾花個幾百元eat to die應該還不成問題——吃到飽，竟然是小老百姓最後的洩憤手段？

這幾年間突然冒出許多美食專欄、美食節目與美食網站，惟品質良莠不齊，鮮有可信賴者。加上部分被推薦的店家或故作姿態、或埋藏地雷，太熱門的餐廳還得隨眾搶食，想來就令人反胃。同樣是寄情於吃喝，我寧可留在家裡品佳餚、嘗醇酒，順便聽聽長輩們的私房美食攻略。楊家人都愛吃，說是一門饞嘴並不為過，差別在女士們菜燒得好卻吃得少，男士們廚藝不精但味蕾發達。在家吃飯若是一種自在與溫暖，聽他們「說吃」則是一種享受。我自幼有幸隨長輩踏入北部大小餐館，吃過的好料理並不算少；「說吃」時最吸引我的，終究還是哪些老店關門、大廚落魄與好菜絕蹤的故事。

逝去的美食已不可追尋，國勢亦然。

青春體驗

雖然還不到結算清理一生所作所為的年齡，我卻再清楚不過：自己的生命版圖上有一道裂縫，一道來不及填補的遺憾。生活越步入（他人眼中的）正軌，縫隙的存在就越明顯，多像在咧嘴挖苦我的懦弱。當某一天我有房有車、有妻有子、有黃金有股票，這道裂縫肯定會變身為凶惡的饕餮，大口吞下飽食後只長肉不長腦的我。

遺憾別無其他，只在沒有真正的青春體驗——必須是殘酷、暴戾、備受考驗的那種。郊遊烤肉聯誼露營，都不過是青春遊戲，宛如運動後出一身汗，沖個澡便消逝了痕跡。青春體驗的痕跡卻炮烙在記憶深處，是百無聊賴都市生活裡，唯一留下的存在證明。我也曾經年輕，在年輕的飛奔裡忙著愛人或罵人，結果是什麼都沒有留下……。

理想的青春體驗該像《大逃殺》（*Battle Royale*）和《恐怖旅舍》（*Hostel*），在畢業旅行途中昏迷，清醒時人已被囚禁於孤島或古堡，想離開就得付出高額代價。再說一次規則：你得付出代價，才能真正長大。

流浪校長

K教授再度返回久違的台灣校園，這次不是來上課，而是辦理離職。之前他請假赴大陸講學，一講就是兩年，硬是把最近才決定大膽西進的醫學、財經教授們給比了下去。

聚散本無常，在年年都得送舊和迎新的校園內更是如此；不過K走得太乾淨、學生反應太平靜，校方則一貫保持安靜，未免有些奇怪——尤其這所大學當年還是由K所創辦的。台灣的政治早就不講求什麼真情實義，難道校園也是如此？還是說一位好校長非得專心募款蓋樓搞關係，不行支持烤羊烹狗作學問？

往好的方面想：既留無可留，自無須再留。反正已經耗費十年精力辦學，不辦學也很適合辦報，不辦報則何妨改搞美食評鑑或文化導遊。最快意者莫過於當個終生以筆為劍的遊俠，敢於逆俗、為爭是非而不惜跟整個時代單挑。古怪自大、略帶邪氣的K，比誰都適合隻身強闖道德及倫理的言論禁區，或者勇破卡夫卡筆下的神祕城堡。

不論K是自願流浪抑或被迫放逐，寫作與求知素來皆為絕對的個人事業，離開學院體制又有何傷？管他身在神州還是寶島，孤獨若能自成風暴，一人亦可化身學校。

做自己的讀者

這是一個誰都可以表示意見的年代，任何意見也都享有（至少表面上）平等自由權益的年代。人人想說話，人人有話說——問題是：誰來聽呢？誰要讀呢？當每個人都想過足作者癮時，還有誰願意默默當一名讀者？

同樣的問題也發生在寫作這檔事上。每個人都想寫作，也都認為自己可以寫作。先不管那些技術或技藝層次的問題，我們只想問：文章寫完以後，你自己讀過沒有？對自己有信心當然值得鼓勵；但信心不該轉為驕傲，更不能當作藉口。驕傲會使人成為橫征暴斂的作者，藉口會讓人的疏懶怠惰變為習慣。讀自己的文章，乃是一種負責任的表現。沒仔細讀過自己文章的作者，又有什麼資格要求眾人來拜讀你的大作？至於那種交稿後還三番兩次來電要求修改的作家，絕對是許多報刊編輯的噩夢。

奉勸所有想提筆寫作的人：過完作者癮後，別忘了該做自己的讀者。唯有先做第一位讀者，才能跳出作者的固有視域，借用「他人」的眼睛來發現「自己」的問題。

重視標點符號

標點符號的重要性，這幾年來普遍被中文使用者低估了。可別小看「它」，要評斷一個人中文功力的高低，標點符號往往就是最好用，也是最簡單便利的試紙。我就看過不少文思泉湧、議論風生的才子才女，作品禁不起此一試紙的抽樣檢驗，ＰＨ值不是偏酸（標點錯置）就是偏鹼（濫用標點）。

標點符號的功用大抵有二：一是分別句讀，一是標明詞句性質或種類。句讀不明，寫出來的文句就會長短失當，弄得讀者好不疑惑。我曾拜讀過一篇論文摘要，文長四、五百字，作者卻堅持不分段且全篇只用一個句號作結，閱畢本人差點斷氣送醫——文意既已完足，又何必句長至此？當逗號與頓號如箭陣齊發，貌似波瀾壯闊，其實只是在掩飾作者完全不懂得如何安置句號罷了。沒有能力控制一句長短，如何奢望可以駕馭全篇？

有些人對標點符號之性質不甚理解，光憑外型來下標點，結果自然可想而知。譬如沒有血緣關係的分號（：）與冒號（；），在粗心學生筆下就突然成了孿生兄弟。單引號（「」）與雙引號（『』）的不當混用，已經令不少閱卷教師頭疼；沒想到，現在還流行在中文句子裡使用double quotation mark（“”），難道連標點符號都全面西化起來了嗎？

助詞與錯字

多年前我還是中文系大學生時，曾經選修過駱以軍老師的寫作課。沒有同學知道他將是日後的小說界一哥；總是一身短褲涼鞋側背包的駱老師，上台時像極了熱衷分享鬼故事或電玩密技的鄰家大哥。有一次他看完全班作業後，難掩失落地說：「讀過這些小說，我都變得不會寫了。」想來真是罪過，這位惡漢小說家的未來差點就被一群文筆欠佳的學生給胡亂埋葬。

等到我有機會初執教鞭，才發現批改作文竟是輪迴報應的體現。教師本來就不該期待每位學生都是作家等級的高手，但文從字順應該還不算是太離譜的要求。可惜這幾年的閱卷經驗往往是通順妥貼者少，濫用助詞者多。一篇四五百字短文，每隔兩句就來個「啊呀囉、吧啦喔、唉哈嘿」，活像是在四處販賣人口。現代青少年講電話跟發訊息的時間皆遠多於寫字撰文，既造成了語助詞的氾濫，另一方面也讓錯字率大幅提昇——「得」「的」不辨、「積」「績」未明、「在」「再」難分，都是很典型的例子。

關於助詞或錯字，當然也可以「小」到不算問題。但問題越小，越能看得出一篇文章的作者用不用心（或貼不貼心）。好老師應該要時時提醒學生：別再折磨中文，切勿虐待讀者。

詩與非詩

時至今日，現代詩雖已不是一九五〇、六〇年代台灣讀者眼中的巫咒囈語，但還是有不少學生甚至老師，一看到它就舉白旗投降。首先讓他們感到頭疼的，就是「詩」與「非詩」的界線問題。因為現代詩看起來很像分行的散文，讀起來又不乏小說的趣味或情節，偏偏多數時候它就是不押韻！還有許多作品被稱為「散文詩」，這又是什麼？原來現代詩不是只採齊頭排列，也有部分用齊足排列，怎麼還有排成模擬對象物外觀的「圖象詩」？「這些，都是詩嗎？那我所寫的這篇，也算是詩嗎？」——捧讀幾位當代詩人的作品後，師生間共同的疑惑恐怕只有更深，而非減少。

我認為從作者的角度來看，詩或非詩之別實在不該成為一個「問題」。因為「文類」的觀念與判別，永遠都注定次於「書寫」。換言之，先有書寫成果，才會有文類歸屬；就算文類模糊難辨，作品還是有偉大的可能（應該說：偉大作家更勇於突破文類的限制）。不可不提的是，歷史上所有的文類疆界，其實都是無數作者與讀者間協商（negotiate）後的產物。所以從讀者的角度來看，問題就更簡單了：它是不是詩，由你說了算！

口語詩？口水詩？

女詩人趙麗華一度是中國詩壇最「火」的話題人物，原因不在於她繳出了什麼曠世無匹之作，而是這位被網友戲稱為「梨花教母」和「詩壇芙蓉姊姊」的國家一級作家，居然把詩寫成這個模樣：「我堅決不能容忍／那些／一個人／在公共場所／的衛生間／大便後／不沖刷／便池／的人」、「毫無疑問／我做的餡餅／是全天下／最好吃的」。另有一首以〈我終於在一棵樹下發現〉為題，原來是詩人發現了：「一隻螞蟻／兩隻螞蟻／三隻螞蟻／一群螞蟻／可能還有更多的螞蟻」。趙麗華的作品讓眾多網友議論紛紛，對其不滿者嘲諷這些根本不算是詩，說像口語，實更近乎廢話；有些人則持相反態度，認為她是在「為中國詩歌受難」，詩人應該享有充分的創作自由。

我舉雙手雙腳支持創作自由，也贊同寫作者可適度以日常口語入詩。但所謂「口語」不代表不許提煉，畢竟生活語言很難完全等同於文學語言。詩人以口語入詩，其目的在提升語言的鮮活度，更可讓讀者倍感親切；若在詩中毫無節制地濫用口語，或僅憑二三佳言警句就妄稱是詩，那只是誤把口水當成口語罷了。這種詩人既低估了讀者，也低估了詩。

如果在批踢踢，一個鄉民

在很多方面我都是不折不扣的矛盾鬼，對網路的態度亦然。我天天上網，但完全沒耐性跟人敲鍵盤ＭＳＮ或即時通；我極度仰賴網海上的大小資訊度日，卻無法忍受大學生引用「奇摩知識」寫報告及當書目。我相信自由民主、追求平等博愛，可是一遇到網路世界惹人厭的小白、張爸、ＯＰ，心中的法西斯幽靈便蠢蠢欲動。最近我又發現：免費空間不是給懶人拿來浪費的。身為一個發達部落格時代的抒情詩人，我的Blog自去年底開張後便從未更新……。

矛盾加上懶惰，最後就只有躲進ＰＴＴ中，在這個號稱台灣最大的ＢＢＳ站裡當一個愛看熱鬧的鄉民。此處有六年級生倍感親切的港漫、周星馳及北斗神拳，更不乏強者、魔人和鄭先生的傳奇。管他是中肯還是中出、黑特表特抑或西斯就可（Hate, beauty, sex and joke），我彷彿置身語言的狂歡節，觀賞最粗鄙和最精緻的中文究竟如何交媾。

文學偶像

這是威權崩解、領袖退位的年代，卻也是人人都渴求偶像的年代。因為不知道該愛誰，所以只好找個偶像來愛；因為沒有人是完美的，所以我們更需要完美的偶像。偶像不是供人嘔吐而是拿來天天期待日夜拜的，所以活的絕對比死的好、本土一定比海外強——至少媒體上常有他的消息，夢中對話時也多了份親切。

愛有等差，對偶像同樣適用。政治偶像只懂上台不懂下台，偏偏喜歡把福馬林當飲用水，呂蘇扁游葉、李馬王宋連，哪個不是坐到屁股生瘡卻堅拒離席？影劇偶像則保鮮期短又不宜冷凍，久放便成了發霉蛋糕。還是文學偶像比較可愛，出門不需保鏢不怕狗仔，就算身著汗衫短褲夾腳拖鞋，亦不輸他人官銜華服美麗臉蛋。總之，在粉絲眼裡，余光中就是老得好漂亮，駱以軍就是胖得夠有型；蕭蕭說什麼都不該當玉女歌手，張默則千萬別去對岸演戲。

文學偶像可以是生活白癡，這只會讓他們更顯得可敬，讓人為這種放棄一切投入寫作的專注而感動莫名。最怕偶像不甘寂寞，老在想該如何轉型：王拓立委幹得再怎麼好，也好不過提起筆來說個新漁村故事；陳映真隨便一篇寫壞了的短篇小說，都比他的長篇國家統一論說文更為動人。至於動舌頭遠多過筆頭的「詩人」，還是重回鐵窗思考如何寫首安靜的好詩吧。

為了告別的聚會

與人親近是門藝術，其難度遠超過面對草木鳥獸蟲魚NB。囿於龜毛拘謹的個性，我總覺得與家人相處易、與情人相處難；與友人相處，則是難上加難。最怕突然遇到多年未見的朋友，明明當時相知相惜堪稱生死至交，今日卻無語對望許久好不窘迫。因為擔心哪天會被這種沉默的重量壓垮，我寧可自絕於任何可能的親密友誼，身邊當然既乏刎頸交，亦無忘機友。

不過我從未放棄對人與時間的好奇：歲月催人老，老了之後會怎樣？有詩人聽見了白髮「一根又一根裂膚而出的聲音」，我也想細數生活在大家臉上留下了多少無情或有情的鞭痕？所以只要時間地點可以配合，同學或老友的年度聚會我幾乎都會出席。聚會內容不外乎找個地方吃吃喝喝，聊聊各自的工作、家庭還有養兒育女經。老實說，這些話題全都不合本人胃口。作為一個既寡情卻又念舊的中年男子，我對過去完成式比現在進行式更感興趣。三十年前的狂語、二十年前的應允、十年前的曖昧……早已不復清晰完整，唯有倚賴這類聚會來修補記憶的大小裂痕。

朋友笑我總是不思長進，對過去懷著病態般的眷戀。其實過去之於我就像一首被自己寫壞了的情詩，結構鬆散技巧貧乏意象糾結用字欠當。不是我拒絕成長，而是我不忍告別這首壞詩，不忍告別詩裡所有失敗的神秘隱喻。

各篇原始發表處與日期

【卷一：記憶罅隙】

學院與詩的內外　《聯合報》副刊「我們這一代：六年級作家」2015-12-05

人不耕莘枉少年——以寫作會為中心的文學私地圖　《人間福報》副刊 2016-07-01

春明這個愛笑的男孩　馬來西亞《星洲日報》副刊 2024-10-16

悼瘂弦，憶瘂弦　北京《中國出版傳媒商報》2024-10-12；《創世紀》第222期 2025-03

奇書背後——編者葉步榮憶作者王文興　《文訊雜誌》第457期 2023-11

當詩人仰望星空——拜訪方莘　《文訊雜誌》第471期 2025-01

定位與體例——爾雅、隱地和《新世紀詩選》五書　《聯合報》副刊 2023-11-04

身居歷史縫隙，想像文學可能——我如何編《穿越時光見到你：36場歷史縫隙的世代對話》《中國時報》開卷 2023-06-30

【卷二：有話好說】

出版轉型與牠們的產地（附：〈出版編輯專業人才亟待培育〉）　《聯合文學》第473期 2024-03（附：《兩岸公評網》2016-04）

諾獎以上的風景　《聯合報》副刊 2016-10-15

對抗文學獎詩體之必要　《自由時報》副刊 2023-06-22

給我一個讀華文報的理由　菲律賓《聯合日報》 2009-10

雙語政策下，台灣的國語文教育往何處去？　《國語日報》教育 2022-10-11

臺灣新詩百年，臺灣詩學三十　《吹鼓吹詩論壇》第51期 2022-12

紙上風雲，數位顯影——迎接臺灣詩學新世紀　《聯合報》副刊 2024-10-12

七分之一的陪伴：《創世紀》七十年與我的十年　《創世紀》第220期 2024-09

南方武林，情義江湖——欣聞「掌門」奮起　《掌門詩學》第72期 2018-01

立足台北，超越性別，讀寫人生——談《我和一枝筆 在路上3》　《我和一枝筆 在路上3》序文 2023-01

編後事　《文訊》、《譯之華》、《臺灣詩學學刊》等編後 2023-05～2024-12

【卷三：持論相對】

詩是永遠的初戀（楊宗翰vs.林德俊）　《聯合報》副刊 2023-08-07

行動派的機智編輯生活（楊宗翰vs.林德俊）　《聯合報》副刊 2023-08-08

【餘卷：浮生卮言】

小大學　《聯合報》副刊「浮生小景」　2006-06-04
傷出版　《聯合報》副刊「浮生小景」　2006-06-13
懷校對　《聯合報》副刊「浮生小景」　2006-06-20
哀稿酬　《聯合報》副刊「浮生小景」　2006-06-09
祭中文　《聯合報》副刊「浮生小景」　2006-07-01
被代言　《聯合報》副刊「浮生小景」　2006-07-07
說監考　《聯合報》副刊「浮生小景」　2006-05-02
末班車　《聯合報》副刊「浮生小景」　2006-05-16
今天　講到這裡　《聯合報》副刊「浮生小景」　2006-04-25
在禁聲的日子裡　《聯合報》副刊「浮生小景」　2006-05-09
職業摔角之愛　《聯合報》副刊「浮生小景」　2006-07-15
我的菜市場名　《聯合報》副刊「浮生小景」　2006-08-01
不讀小說的理由　《聯合報》副刊「浮生小景」　2006-07-25

亂世說吃　《聯合報》副刊「浮生小景」　2006-05-28
青春體驗　《聯合報》副刊「浮生小景」　2006-08-08
流浪校長　《聯合報》副刊「浮生小景」　2006-08-15
做自己的讀者　《聯合報》副刊「語文小教室」　2007-02-27
重視標點符號　《聯合報》副刊「語文小教室」　2007-01-24
助詞與錯字　《聯合報》副刊「語文小教室」　2007-01-07
詩與非詩　《聯合報》副刊「語文小教室」　2007-04-18
口語詩？口水詩？　《聯合報》副刊「語文小教室」　2007-02-21
如果在批踢踢，一個鄉民　《聯合報》副刊「浮生小景」　2006-07-18
文學偶像　《聯合報》副刊「浮生小景」　2006-08-22
為了告別的聚會　《聯合報》副刊「浮生小景」　2006-09-04

國家圖書館出版品預行編目（CIP）資料

顯於文：楊宗翰文集 / 楊宗翰著 . -- 初版 . --
臺北市：華品文創出版股份有限公司, 2025.03
面； 公分
ISBN 978-626-7614-04-4(平裝)
863.55 114002224

楊宗翰文集

顯於文

作者 楊宗翰
輯名頁攝影 翁 翁

總經理 王承惠
財務長 江美慧
印務統籌 張傳財
業務統籌 龍佩旻
行銷總監 王方群
美術設計 不倒翁視覺創意
ononstudio@gmail.com
出版者 華品文創出版股份有限公司
公司地址：100台北市中正區重慶南路一段57號13樓之1
物流地址：221新北市汐止區大同路一段263號9樓
讀者服務專線：(02) 2331-7103
物流服務專線：(02) 2690-2366
http://ccpctw.com
E-mail：service.ccpc@msa.hinet.net

總經銷 大和書報圖書股份有限公司
地址：242新北市新莊區五工五路2號
電話：(02) 8990-2588 傳真：(02) 2299-7900
印刷 卡樂彩色製版印刷有限公司
初版一刷 2025年3月
定價 新台幣350元
ISBN 978-626-7614-04-4